真相

橫山秀夫

Yokoyama Hideo

梅應琪——譯

新雨出版社

沉穩男人味道小說創作者——我眼中的橫山秀夫

藍霄

這幾年間，橫山秀夫的中譯作品（包含小說與漫畫）即使沒有捲起風起雲湧的熱潮，卻是讓讀者得以窺見日本推理小說不同面向的代表作者。

重要的是，以「一筆入魂」爲執筆信念的橫山秀夫，始終是一位以嚴謹筆觸刻劃人心與動機的推理作家。所以，閱讀他的作品，自然看不到匆匆的過場與草草落筆的痕跡，也相較尋常暢銷推理作家作品多了一絲的「沉穩」。而這種「沉穩」，對我而言，彷彿錯失長久時間才又重新覓得的日本推理小說獨特的閱讀趣味。

就像是多年前接觸森村誠一、結城昌治、大澤在昌、島田一男、三好徹……等人筆下作品，感受其有意無意地以男人觀點所散發的閱讀況味。

關於橫山秀夫的創作歷程出身，台灣中譯諸作前言解說已多有著墨，一一去抄錄就顯得沒有意思。

不過，我個人眞正第一次接觸橫山秀夫，還是傳博老師在新雨出版社二〇〇〇年十月日本短篇傑作集《不安的軌跡》所選錄〈看守眼〉在書前所作的閒談，即便當時推理雜誌與日劇都曾刊載或改編橫山秀夫的作品，但是我覺得這段介紹或許對比其之後幾年的發展，是個認識橫山秀夫不錯的起始點，傅博老師這麼寫著：「〈看守眼〉作者橫山秀夫，一九五七年出生於東京都，國際大學畢業以後，在上毛新聞社當了十二年的記者，之後撰寫報導文章。

一九九一年以《羅蘋計畫》獲得第九屆三得利推理大賞之佳作賞，但至今還未出版。一九九八年以〈影子的季節〉獲得第五屆松本清張賞，之後加上另外三篇短篇推理小說，出版其第一本作品集《影子的季節》。這是一本與過去的警察小說不同形式的新穎警察小說連作集。故事由警察內部的人事問題展開，深獲讀者好評。

橫山的作品不多，另外出版的有《沒有出口的海》與報導文學集《和平之牙》而已。二〇〇〇年以〈動機〉獲得日本推理作家協會賞之短篇部門賞。」

過去曾有推理好事者針對推理小說作者的背景做過統計，所占的比率最高的是前四名是一、媒體人（含記者，編輯等），二、家庭主婦，三、律師，四、教師，亦即記者出身的推理作家有其得天獨厚的養成優勢，基本上有著脈絡可尋的創作軌跡，記者所具有的文筆功力與採訪經驗，有著取之不盡的創作題材，特別著墨小說的現實性，探討社會議題與人性動機自然拿手，也就誠如唐諾先生所言，記者出身的推理作家，可以嗅出「有備而來」的創作味道。

記者出身的作家，創作社會派推理、懸疑犯罪小說與罪案實錄，自然不會讓人覺得奇怪，所以也可眞正算是橫山秀夫登場的代表作品〈影子的季節〉搴奪松本清張賞，承繼哪些推理作家創作路數是相當清楚的。不過，橫山秀夫現今自成一家之言的推理小說型態，還是傅博老師所說的「與過去警察小說不同形式的新穎警察小說」。

何謂新穎的警察小說？過去懸疑推理小說以警察爲主角偵探的不勝凡舉，然而橫山秀夫刻劃與營造的，並不是僅僅借用警察身份在推理故事活動的合理性與便利性而已的警察小說，而是強調警察組織部門與個別階級職別警察員額上下左右間的捍格衝突與業務交際所產生的懸疑性、進而發展各類讀來血肉皆俱栩栩如生故事，自然強調的是心理層面的懸疑、人心幽暗與組織之間互動的所產生的表象與背後黑暗。

橫山秀夫寫的就是這類的小說。

從二〇〇〇年之後，橫山秀夫基本上已逐漸邁入其創作的高峰，二〇〇四年首度登入作家納稅的排行榜前十名。這其間值得一提的是，橫山曾經入圍過三次直木賞，第一二〇屆以〈影子的季節〉、第一二四屆是以《動機》、在二〇〇三年第一二八屆則以《半自白》入圍。

一二八這屆發生了有名的「關於推理小說情節現實性與可行性？」爭議事件，橫山秀夫甚至發表了「與直木賞訣別宣言」。

回到前述所言，我接觸的第一本橫山秀夫的小說就是《半自白》，其實這本小說的某些內容我個人是不太滿意的，對於推理小說的創作論點上，我是稍微偏向評審所挑剔的立場的，所以對於橫山秀夫的「訣別宣言」反應，剛開始是不太理解的，不過，在瞭解作者對於創作的自我要求的嚴謹態度後，對於其會有如此劇烈的反彈也不太奇怪了。

我得承認的，對於橫山秀夫的喜愛，反而是藉由市面上三套以橫山秀夫爲原案的改編漫畫所扭轉過來的，特別是原名「強行」中譯的「重案組」。讓我對於橫山秀夫全然從心裡改觀。「重案組」、「臨場」、「看守眼」這三套漫畫，我覺得圖畫化的優勢把橫山秀夫的作品魅力發揮得淋漓盡致，也避開了刻畫小說對於某些純粹閱讀小說爲消遣的讀者所可能會產生的不耐，所以我後來會再回過頭來，一一去追讀橫山秀夫的其他作品。

我覺得橫山秀夫的作品可能不適合囫圇吞棗快速翻閱，反而值得放慢閱讀步調，細細緩緩逐字閱讀他的小說。

畢竟當年靠著《半自白》、《登山者》等暢銷書賺得荷包滿滿的橫山秀夫，也曾回應對於讀者支持表示深深的感謝外，還稱自己今後要繼續一行一行、傾盡全力寫出更多的作品。

如此認眞的作者，寫出來的小說，當然値得細讀領會。

我體會他的作品風格就是：沉穩男人味道警察小說創作者！

揭露人心暗面眞相的心理犯罪進化

心戒

二〇〇三年那年，是橫山秀夫異常「用力」的一年。

提及橫山秀夫，不可避免地，總會談到他在上毛新聞社長達十二年的記者經歷，以及他賴以成名的警察小說。無論是以縣警本部警務課爲主角，反身戳刺宛若企業般的警察內部弊病，於一九九八年獲得第五屆「松本清張賞」的〈影子的季節〉；或是二〇〇〇年以保險箱內不翼而飛的三十本警察手冊爲媒介，凸顯個人與警察組織間的掙扎、對抗，獲得第五十三屆「推理作家協會賞短篇部門獎」的短篇小說〈動機〉；甚至是囊獲寶島社「二〇〇三 這本推理小說眞厲害！」和週刊文春的「二〇〇三年度十大推理小說」雙冠，並以超過五十五萬冊的賣座之姿入圍第一百二十八屆直木賞決選名單的《半自白》。在橫山秀夫的作品中，總是有著警察沈重的身影穿錯其間，宛若印記般，成了貫穿其筆下恆久不變的主題之一。

然而，原本呼聲極高、評論家一致看好足以拿下當屆直木賞的《半自白》，卻因為評審委員北方謙三以「謎底的設計概念欠缺現實性，存在著致命缺點」為由落選。即便有評論家出聲為其抱不平，橫山秀夫在反駁評審委員的意見後，竟發表「直木賞訣別宣言」，自此不再參加直木賞的評選。缺少未來獎項加持的可能性，橫山秀夫選擇了他最擅長的方式替自己發聲——持續不斷地書寫，並挑戰各種可能性！

光是二〇〇三年，橫山秀夫便推出了《第三時效》、《眞相》和《踏影》三本短篇集，以及取材自航空史上單一客機失事最多死亡人數的「日本航空123號班機事故」，並融合親臨現場體驗的長篇小說《登山者》。如果包含二〇〇四年一月和四月分別推出的短篇集《看守者之眼》和《臨場》，橫山秀夫不僅未因揮手和直木賞告別而失去舞台，反而以快筆利刀展現其充沛的創作能量。

其間，做為第六本短篇集，《眞相》則是相當特別的存在。擅長探刺警察組織內部並剖析問題所在的橫山秀夫，第一次完全跳脫警察小說的範疇，在整本短篇集裡全然不見面容憂愁的警察，或是內心掙扎的記者。相反地，橫山秀夫選擇了平凡如你我的市井小民為主角，以懸疑精彩的故事與立體的角色向讀者宣示——他的記者之眼能看穿的，不僅是警察或組織內部的弊病，而是洞悉人間百態，熟稔各式面貌與事件後的眞相！

對〈眞相〉裡的篠田佳男而言，原本可繼承家業、曾讓自己抱以期待並視為驕傲的兒子，不過出門買本參考書罷了，卻遭不明的歹徒以利刃刺傷，失血過多而亡。沒想到十年後，傳來兇手落網的消息。接著兇手在證詞中，竟供出了案件發生當天出人意表的事實……當這有辱名譽卻充滿疑點的自白刊載於報紙後，篠田佳男眞的能承受眞相攤擺於陽光下的打擊嗎？

作爲標題作的〈眞相〉，不僅以清澈的筆觸描繪出男人在經歷徬徨的晃蕩生活後，正面迎向人生並轉爲人父的心理過程，更銳利地呈現父子間關於期望、對峙與競爭關係的變化。即便最後的眞相十足地傷人，橫山秀夫卻透過結褵妻子的手，傳遞了溫潤的希望。

同樣尋得救贖可能的，還有〈失眠〉裡的山室隆哉。因中年失業而不得不參加睡眠藥物實驗賺取打工錢，卻因此導致失眠的山室，猶豫著該不該把半夜三更於他眼前疾駛而過的酒紅色Vigro車主身份告訴警方。如此一來，當時經過現場的鄰居小井戶，將因他的證詞而成爲放火燒死色情澡間按摩女郎的兇手！只是，原本在大型百貨擔任要職、意氣風發的小井戶，爲何會說出「我是沒有存在必要的人」這種似乎更適合山室隆哉的台詞？

橫山秀夫在〈失眠〉裡透過沉靜的語調，淡筆情深地寫盡中年後被裁員的男人，心中那股「不是想要錢，而是想要工作」的無聲哀鳴。幸而在眞相揭露的同時，也給予男人不可認輸的勇氣。

但對〈第十八洞〉的樫村來說，事情似乎就不是這麼好過了。事關高爾夫球休閒設施興建與否的村長選舉，將決定他心中暗藏多年的秘密，是否會被揭發。然而，爲此毅然決然拋下縣政府財政課職缺，回到自小生長的村子裡參加選舉的樫村，隨著選舉日逼近，竟發現當初看似必勝的選舉，似乎是一場處心積慮的陷阱？

藉由綿密細緻的筆觸，〈第十八洞〉以上乘的心理驚悚氣氛，一路壓迫著讀者，非到最後一句才得以稍歇喘息！整個故事完全驗證了法國生物學家Jean Rostand（1894——1977）所言：「最可怕的是，過去你所憎惡的一切，竟披著未來的外衣，再度出現在你面前。」

同樣狐疑於過往事件的，還有〈花環之海〉裡的城田。辭去農業協同合作社融資課的他，一直無法順利找到新工作。就連在面試時，當年那深刻印記於心的相馬悟鬼魂，都忙不跌地現身眼前。沒想到，阿悟的母親竟在十二年後再度打電話來，希望能拜訪兒子大學同社團的朋友，親自聽他們說出事實的眞相？但……當年相馬悟不是已被判定是自殺而死的嗎？究竟相馬的媽媽，又是從誰那裡，聽見了什麼呢？

以日本高中獨特的社團霸凌事件爲題材，〈花環之海〉藉由夾著尾巴從職場上逃走的中年敗犬，向讀者揭示，若不試圖解開過往的心結，終無再次站起、迎向陽光的可能性。

至於在〈別人的家〉中背負著強盜傷害罪的貝原英治，則是無法想像，無論怎麼奔逃，當年犯過的血債，不只藉由口耳相傳，就連在這小鎭上，也透過無遠弗屆的網路，滲透了他的生活！就在房東要脅搬離的期限將至時，貝原因每天早上撿拾社區垃圾贖罪而認識的老人佐藤，竟無條件地願意收貝原爲養子，只要求貝原夫婦在他死後，一定得守著屋子和土地……從天而降的好運轉機，眞的是幸福的開始嗎？

即便選擇相同的前科犯更生題材，不同於東野圭吾或是眞保裕一分別在《手紙》（中譯本《信》）與《被連繫的明日》裡令人落淚的動之以情，橫山秀夫反而以驚人的結局反轉，提醒讀者，江湖險，人心更險！

隱蔽、誤算、屈辱、保身和歧視，橫山秀夫在《眞相》一書中，不僅甩脫警察小說的刻板桎梏，成功拓展其書寫領域，更爐火純青地展現其氣氛鋪陳與故事尾韻的收放筆力。〈第十八洞〉裡宛若低氣壓般壓迫著讀者與角色的驚恐、〈別人的家〉中驚悚駭人的眞相，都再次地以剔透玲瓏的精巧佈局，向讀者宣示他作爲犯罪心理小說翹楚，不容挑戰的地位！

値得一提的是，收錄原刊於《小說推理》雜誌內的五篇短篇，「家庭」可說是隱藏其間的核心眞相。藉由被害者父親、中年失業的男人，甚至是前科犯等等心理有著不可告人的悲痛秘密角色，橫山秀夫以一筆入魂地描繪出當這些想太多的中年男子們被社會、環境，甚至是過往回憶所逼迫，再一次陷入黑夜夢魘時，爲了守護「家庭」這份心中珍寶，男人將如何鼓起勇氣，轉身面對壓境而來的眞相。在答案揭曉的刹那，即便寒顫不已，爲了家庭，也還是得鼓勇直行。

二〇〇五年，〈眞相〉被TBS電視台改編成單元劇，放映後潮湧好評。二〇〇七年，橫山秀夫再次以短篇〈犯罪〉入圍「推理作家協會賞短篇部門獎」初選，並被編入《2007推理小說年鑑》。因身體操勞過度，心肌梗塞而住院的橫山秀夫，再次以優異的作品證明其旺盛的書寫企圖與不墜的水準。闔上橫山秀夫作品中獨特存在的《眞相》，讓人忍不住期待，在這之後的橫山秀夫，又將爲心理犯罪小說，帶來什麼樣令人驚豔的變化呢？

知道眞相了，然後……

余小芳

橫山秀夫一直是個說故事的能手。

十二年的記者生涯使其擁有更繁多、更濃烈的經驗與能耐，他透視人生百態及世態炎涼，秉持著一筆入魂的精神，以一支禿筆道盡了人間蒼茫與滄海桑田。通過諸多作品的顯現與檢視，共同特徵在於運用社會寫實與人性爲出發點，進一步貫串小說核心，並成爲他最大的書寫特色與性格。

爲讀者所熟知，橫山秀夫最爲擅長描寫日本警察組織內部問題與司法體制，環繞著龐大社會有機體與經年累月下被建構的科層制度，不論是刑警、檢察官、律師、法官、鑑識人員等，乃至於記者，即便鑲嵌於社會體系內的層級不同，然而只要進入他們深沉的內心世界，便能察覺之中的類似性：他們一肩扛起過往生命經歷與生活責任，僅求取安身立命的一席之地。

另外，他企圖處理女性於警察體系被貶抑的複雜情緒與內在情感，並力求突破。

那麼或許也有讀者想問，橫山秀夫還能給出什麼？

二〇〇三年於日本出版的此書《眞相》是不錯的選擇。內容含括五篇故事，描繪著幾則人生，跳脫出以警察體制人員爲中心的切入角度而走入市井小民的心聲與生活，但也不用因此懷疑這會壞了橫山秀夫書寫的原汁原味，反而應該投以喜悅與期待。

以下簡介本書內的幾則小說。

首篇〈眞相〉以一位父親的視角爲起始點，他惦記著十年前被刺殺於巷弄之間的十五歲兒子，就在他前一晚夢見兒子長大成人且與他輕聲打招呼，並於會計事務所忙得不可開交的同時，警方突然打電話告知這位父親「已抓到兇手」。遲來的眞相讓這位父親十年來的怨怒終於找到停靠點，然而事件偵破的背後，卻得面對更加纏人與無奈的苦痛，難道內心多年來的空洞能因此獲得彌補嗎？

處理民情保守的山中村落選舉問題，村落是否要開發即爲競選人馬爭議之處，作者以政治題材進行書寫，然而背後欲展現的，依然爲平民百姓的生活保衛戰。〈第十八洞〉描述一位拋棄縣政府財政課職務而全力投入選務工作的男子，但是他在意的第十八洞牽涉了過往事件，在選情急轉直下的同時，恐懼、猜忌、不安、緊張的情緒於書頁內瀰漫，秘密與現實相互交疊，前後的巧合又將他帶往什麼樣的結局？

筆鋒一轉，作者的關注焦點放置於社會嚴重的中年失業議題。主角需要養妻育兒，且步入中年，卻被無情的公司變相裁員，爲求生活溫飽，男子以身體健康當成代價用來交換金錢。〈失眠〉中的人體試驗將男子的身體與精神狀態推向谷底，妻兒的冷漠態度數度傷害著他的心，身心俱疲且懷念著往昔生活，加上對於失業者的同理心，兩者與社會案件迸發後的碰撞將本篇小說帶往最後眞相，並留下一大片的空茫。

〈花環之海〉經由求職的問答使得男子的思緒飄回十二年前的舊事，藉由一通電話點醒幾位男子學生時代苦痛的記憶，進而連結彼此的人生。父親早逝，被母親獨自撫養成人的男子，於大學時期空手道社殘忍暴虐、毫無人道的訓練下受盡折磨，最後在一次「夜襲」之中出人命而結束一切鬧劇。舊事重談的恐懼與憤怒，當年的事件莫非還有更大的隱情……

最末篇〈別人的家〉點明受刑人回歸社會處處碰壁的困境，由於現今網路盛行，經由搜尋過濾即可獲得關鍵字的相關資訊，並足以斬斷欲改過自新的人的後路。被房東強制遷居的夫婦無處可去，迫於現實無法求助於中學的恩師，然而夫婦在早晨撿拾垃圾時常遇上的佐藤老人卻對他們伸出援手，面對改姓的疑慮與重生的機會，究竟是喜，還是憂呢？

小人物之所以對於是否改變生活現狀遲疑不前，乃是因爲小小舉動皆可能毀滅其所掌握的一切，而這當中呈現出的情緒與心情，更是你我現今或未來可能共同歷練或擁有的。五則小說均以男子爲主要敘述者，看似淡淡敘述著這些人民百姓的日常生活，卻隨著頁數的前進，極其動態且透徹地揭示他們的內心狀況與心情起伏。

自願或被迫地走向人生的十字路口，進而了解眞相，然後呢？

湧注而出的恐怕是更多的苦澀與荒涼，然而他們還是得拾起驚愕或慘澹的情緒，繼續進行著自己的人生道路。

本書基調低沉鬱暗，有如一般對於作者的基礎認知，沒有波瀾壯闊的故事格局、沒有刁鑽難懂的推理過程、沒有絢爛華麗的手法謎底。在看似平鋪直述的文字用語之下，通過劇情的反覆扭轉，以時間爲緯，空間爲經，踏實誠懇地注入濃厚的情感與人性掙扎。在橫山秀夫的作品中，我們見證平實的生命之歌，看見曾經滄海難爲水的哀嘆，也遇見了最樸實眞誠的生活樣貌。

目次

真相 21
第十八洞 81
失眠 149
花環之海 207
別人的家 261

閱讀橫山秀夫｜藍霄　沉穩男人味道小說創作者——我眼中的橫山秀夫　3
推薦序｜心戒　揭露人心暗面真相的心理犯罪進化　7
推薦序｜余小芳　知道真相了，然後……　13
解說｜喬齊安　所有的謎底都解開了，但真相真的只有一個嗎？　317

真相。

1

白天已經快要過去了。

篠田佳男叼著已經累積了長長一條煙灰的香菸，坐在自己的書桌前閉目養神。五秒也好、十秒也好，不知是否能繼續昨晚的夢境。他這麼想著，有一半是認眞的。

佳彥……

昨晚再度看見他時，雖只有一眨眼的時間，那個害羞的表情還是跟十五歲的時候一樣，但在他直率的眼眸深處，可以看見他那股由諸多經驗與確實的教養所建立起的自信。體格變得十分強健，身高也已經超越篠田了。嗨，如此打了聲招呼，之後，嗨，對方也回應著。他已經算得上是一個男人了。也對，從那個案子發生到現在，也已經快要十年了。

開水沸騰的聲音吵得讓他睜開了眼睛。鹿沼愛子已經轉身走過去了，隨著她身著褲裝西服離去的背影，他的視野也跟著逐漸擴大，再加上周遭的聲音，讓他回到了現實。呼出一口氣，篠田從椅子上站起身，把手中的香菸捻熄。

接連不斷的電話一直湧進來，這跟今天的日期或星期幾是沒有關係的。「篠田稅務會計師事務所」裡總共有六名職員，每個人都在各自的桌子前面講著電話，彷彿是要確認大家是否都很忙似的，第六支電話響了起來，手上還拿著托盤的愛子接起了那通電話。她是一名才剛從大學畢業的人力派遣員工，連稅務相關最基本的知識都沒有，果然，她才講沒幾句話，就轉頭對篠田說。

「篠田先生，三線，client打來的。」

她又說外語，總讓人覺得耳朵癢癢的，說「客戶」不就好了嗎？不管他委婉地跟她說了多少次，她都改不過來。也許她覺得自己是處在充滿知性又俐落的工作環境中，所以才這樣子的吧！

篠田拿起了話筒。

〈啊，是篠田會計師嗎？〉

是佐藤精肉店的老板打來的。

〈這陣子麻煩您的試算表，能請您今天以內弄好嗎？因爲我要交給銀行了。〉

他聽了之後心裡非常驚慌，但還是用官方語氣回答。

「社長，您這樣的要求實在是有點棘手，因爲您昨天才把文件交給我們，還需要一天的作業時間才行。」

〈哇，這下糟了。我希望能夠早點跟銀行借錢，我的冷凍庫都已經快不能用了。您不能想點辦法嗎？〉

「嗯，那我們會盡可能幫您安排急件，不過請不要抱太大的期望。」

掛斷電話之後，篠田把佐藤精肉店的傳票拿給坐在他正前方的田所陶子。陶子停下正在打電腦的手，銳利的三白眼顯出不悅的神情，因爲她已經忙到連吃飯的時間都沒有了。而且，因爲陶子是代替過世的父親而來工作的，所以即使篠田現在已經年過五十了，她還是沒有將他看成是「大會計師」。

——沒辦法，父親總是最棒的。

他帶著像是看開了的心情，在心中又如往常重覆了這句話之後，電話又響了。愛子一接起電話，臉色就變得不安了起來。

「篠田先生——」

「好好，我接。」

篠田一邊說著，一邊拿起電話聽筒。

〈我是五堂署的氏家。〉

篠田在心中暗暗地嘖了一聲。這個金邊眼鏡的，就是在今年春天五堂稅務署的法人第二部門，進行人事異動後的預扣稅款負責人。

「平常受您的關照了。請問有什麼事嗎？」

〈是關於貴事務所經手的小松有限公司的事，他們有半期的預扣稅款還沒有繳納，請問是有什麼問題嗎？〉

「咦？是這樣啊……可是我已經把繳款書給他們了。」

〈可是我們這裡還沒有入帳。〉

氏家不客氣地說。

「我知道了。我會儘快跟他們確認，並請他們繳納。」

〈那就麻煩您快點進行。〉

——你以爲你是誰啊？

篠田掛了電話之後，還瞪了電話一眼，接著打開顧客資料表，按了小松公司的電話。小松是一間在私鐵沿線上，由一間主屋和另一間緊鄰的房子所組成的小型紡織工廠。電話響了大約十聲之後，終於有人接聽了。

〈您好……〉

是一個低沉的聲音。

待篠田把稅務署的話轉述一遍之後，年近七十的小松社長，聲音聽起來更加低沉了。

〈不管怎麼樣，我們現在都籌不出錢來……〉

「付不出來嗎？可是，社長，你不是說過預扣稅款的部分會先結掉的嗎？」

〈因爲現在沒有訂單可以周轉。〉

篠田對他們的同情和焦躁各佔一半。

「現在怎麼辦？再這樣下去事情就不妙了唷！」

〈就算你這麼說，沒錢就是沒錢。這種困難你了解嗎？小先生。〉

小松像是頂嘴般說道。「小先生」這種說法，帶點些微的尖酸意味。我不需要再依靠你了。

如果是「紅鬍子醫生」[1]的話他一定會想點什麼辦法的——但小松不知道的是，「小先生」這個詞在篠田的心中掀起了波紋。

佳彥老早就用「小先生」這種稱呼叫過他了。如果他還活著的話，現在應該是二十五歲了。他在小學和中學的時候，成績都很不錯，考高中時也進入了全縣第一名的學校，個性十分率直，對年邁的老祖母也很溫柔，要不是因爲那種事情而喪命的話，現在應該也已經大學畢業，且在這間事務所裡一邊實習，一邊以考上國家考試的稅理士爲目標努力著吧！

喲。長大成人的佳彥的聲音，跟小松草率的聲音在耳朵深處交會。

〈不管你怎麼說我都無能爲力。〉

篠田重新拿好話筒。

「不可以說這種洩氣的話。你是社長，應該要爲了你的員工而努力啊！」

他很自然地模仿起父親說話的語氣。

〈員工就拿我的保險金就好了。〉

保險金……？

從電話的另一端，噹、噹、噹、噹、噹的，響起了平交道的警示音，聽起來就是不吉利的聲音。

註1：紅鬍子醫生是一個醫術高明，且具有高尚道德的醫生，源自山本周五郎《紅鬍子診療譚》，曾被黑澤明改編。此處指篠田的父親。

「等一下！社長，不要說這種莫名其妙的話！總之，我跟你一起到稅務署去一趟吧！我會試著拜託他們讓你分期繳納。」

〈……〉

「怎樣？可以吧？」

〈……嗯。那就拜託你了，小先生。〉

這次，「小先生」聽起來比較沒那麼刺耳了。

「好，社長，你什麼時候有空過去？」

〈明天下午可以。〉

「我知道了。你一定要撐下去，我們這裡也會先幫你想想辦法的。」

〈抱歉，小先生……〉

小松最後的聲音，像蚊子一般細微。

放下話筒之後，篠田深深地嘆了一口氣。

長久以來不景氣之下，不管哪裡的中小企業，在營運上都很吃力，以製作紡織足袋起家的小松也勉強在倒閉的邊緣了。要小松投資新的設備很難，雖然也曾經做過轉換跑道的建議，但小松也已經不年輕了，又後繼無人，眞的很令人頭痛。這種時候，如果是父親，他會提出怎麼樣的方案呢？

電話鈴聲又打斷了他的思緒，今天還眞是電話日。篠田很快接起電話，因爲他不想再經過愛子那一道「麻煩」了。

「您好，這裡是篠田事務所。」

〈請問是篠田佳男先生嗎？〉

那是一名中年男子的聲音，不過篠田聽了也想不起來到底是誰。

「是的，我就是篠田。」

〈我是五堂署的署長稻森。〉

預知夢。他一瞬間冒出了這個想法，不過馬上就被大腦打消了。過了這麼多年，已經不太會對警方有所期待了。雖然，也曾經發生過佳彥在家中接了電話，馬上面無血色地飛奔過來說「警方的人打電話過來了！」的那種時候，但是在這個世界上，會說出自己是「○○署」的人，他認爲十人裡有十個都是稅務署的。不過——

〈我們剛剛逮捕了殺害令郎的兇手。〉

咦……？

篠田握著電話聽筒，全身僵硬。

不管是思考還是感情都無法運作。

只有耳朵，還具有如同探測敵人形跡的野獸般的功能。

〈他是一個住在市內的水電工人，名叫鈴木信行，現年三十歲。詳細情形，稍後我們到貴府上打擾時會再作說明。我認爲這件事應該要先趕緊向您報告，所以用電話通知。〉

2

鈴木信行。

在腦中反覆咀嚼著這個名字。

離開事務所的篠田，在前面不遠處的熟食店那裡轉彎，走進陰暗的小巷子，在自家門口繞了一圈之後才進去。進到家中之後，他朝著起居室走去，每一個步伐都還在顫抖著。

美津江。他想叫，但是卻發不出聲音。

嘴巴和喉嚨都很乾渴，篠田用手按著自己的喉嚨，使勁地按著，讓喉嚨感到痛苦不適之後，再把手放開，終於擠出聲音。

「——美津江！」

幾乎是怒吼的聲音。

美津江——美津江——美津江！

大聲喊叫的同時，他在家中到處踱步，就在這個時候，他才注意到一件事。今天是「源氏物語」的日子，美津江已經到公民館去了，是篠田建議她去參加每週一次的讀書會的，免得成天照顧母親，搞得她鬱鬱寡歡。

篠田跑到電話那裡，慢慢地把電話筒拿起來，可是，他並不知道公民館的電話號碼。他從旁邊的架子上拿出電話簿來，翻頁查找，不過他翻頁翻得很笨拙，因爲他的手指發抖得厲害。

兇手抓到了。

殺害佳彥的兇手抓到了，鈴木信行，他反覆咀嚼這個名字的次數，已經跟脈搏的次數一樣多。

篠田受不了了，把電話簿丟開。手指的顫抖無法抑止，連帶使得手腕和肩膀也顫抖了起來。冷靜。他說給自己聽。美津江很快就會回來了，只要在這裡等著就好。但不管他說了幾次，焦慮的想法總是會像浪濤一樣湧來。他現在該做的事，感覺已堆得像山一樣高，但是他的腦中卻連一件都想不出來。

要跟美香連絡——這個念頭突然冒出來。

篠田再次拿起電話聽筒，東京是０３……之後的號碼怎麼樣都想不起來，篠田用手背敲了好幾次頭，狂敲猛打著記憶存放之處。

終於想起電話號碼的同時，他也注意到牆壁上一張用大頭針釘住的名信片，上面寫著「森勇太・美香❤新居落成通知」，美香已經在半年前結婚了，對象是佳彥的同班同學森勇太。

耳畔響起電話的嘟嘟聲，但始終沒有人接電話，不管響幾次都沒有人接聽。篠田急死了。已經抓到了！殺害妳哥哥的兇手已經抓到了！可惡！爲什麼不接電話？這種時候，到底跑到哪裡去了——！

他像是用摀的把話筒粗魯地掛回去。下一瞬間，篠田的眼睛睜開了，這才發覺到自己是如何的手足無措。

竟然忘記了，忘記應該最先做的事情。

他往佛壇走去。

腳一踏入房間裡，裡面的空氣就緩緩地搖晃起來。在黑得發亮的佛壇中央，十五歲的佳彥在那裡微笑著。

篠田在佛像面前跪了下來。

那一天——他說要出去買參考書，卻再也沒有回來。第二天早上，他被人發現在冷冰冰的大樓之間狹小的縫隙裡，腹部有二個地方被利刃所刺傷，死因是失血過多。雖然在稍有一點距離的停車場發現有血跡，但是卻沒有案件的目擊者。究竟是誰下的手，又是爲了什麼要殺他？沒有一個問題能夠得到解答。這是沒有特別目標的隨意殺人犯所犯的案子，很多報紙都憑空想像地大肆報導著。

篠田換上了全新的蠟燭，擦著火柴。他嘆了一口氣，凝視著照片。

他終於說出來了。

「佳彥——兇手抓到了！」

自己的聲音，空洞地在頭蓋骨中迴盪著。

篠田怔怔發起呆來。

他要向佳彥報告兇手被逮捕的事，他一直都在等著這一天到來。在這十年裡，他一直心痛如絞，眼巴巴盼著這個瞬間到來。可是——

還是一樣空虛。心裡的那個空洞，無論是什麼東西都無法塡補，不管是安樂的回憶、還是對某些事情的成就感，都無法激起一絲高興的感覺。

因爲現在還什麼都不了解……他對自己這麼說著。

鈴木信行，三十歲，水電工人。他聽到的就只有這樣而已，連臉都還沒有見過。鈴木信行到底是個什麼樣的男子，到底爲什麼要對佳彥痛下毒手？

他不知不覺地握緊了拳頭。

十年。這段時間漫長得像喪失意識一樣，心中滿溢的憎恨無處宣洩，持續憎恨著那名不知身在何方、也不知究竟是誰的兇手，他只能跟這股恨意對抗著；有的時候，心靈也被幾近崩潰的虛無感折磨著。單只對於奪走佳彥生命的這個「行爲」懷著憎恨，實在是太令人痛苦了，需要一個對象，他開始尋求一個具體的形象，於是腦中想像出一個不務正業的男子的身影。不對，出現在篠田腦海中的，其實是一個有著鯊魚的眼睛、身高超過二公尺、渾身毛髮濃密的怪物。但是，不管他再怎麼幻想，還是沒辦法創造一個能夠和佳彥的性命相比擬的憎恨對象。他恨一窩蜂前來採訪的報社記者和電視台的記者；他恨一直無法將兇手繩之以法的警察；他恨那些一臉擔心而靠近他的熟人；他也恨那些擁有青春期兒子的父母們。

但是──已經被逮捕了。

那個他眞正應該憎恨的兇手。

之前因爲沒有頭緒而胡亂向四面八方亂撒出去的憎惡粒子，現在開始集中在一個點上。這個殺死了佳彥、名叫做鈴木的男子，現在正在警方用厚重水泥牆蓋成的堅固建築物裡；現在這個時候，他手上銬著手銬，被關進鑲嵌了鐵柵欄的小房間中。

他已經逃不掉了，就算是哭啊叫的也都無濟於事，他會被外形可怕的刑警們團團圍住，被他們揍，被他們踹，把自己所犯的罪行一五一十地全都招出來。他等著，只要再等一下子就好了，等會兒一切就都會眞相大白，所有的一切都將豁然開朗。

「只要再忍一下子就可以了……」

對著照片喃喃地說著，篠田站了起來。

走在面對著迴廊的走道上，他往裡面那間六疊大小的房間走去。在這個家裡提到「六疊的房間」，指的就是案子發生的第二年，因腦中風而病倒的母親所待的地方。她是一個對家事和教育很嚴謹的人，所以美津江也常爲此哭得很傷心。

母親自從病倒之後就臥床不起，只能依賴美津江維持生命。最近老人痴呆的症狀也愈來愈嚴重，連溝通都沒辦法。

他把紙門稍微拉開一道縫。

微弱的鼾聲……看樣子她已經睡了。

在低矮的枕頭上，看得到她臉頰凹瘦的小臉，嘴巴也微微地張開。

篠田在枕頭旁邊盤腿坐下。

母親十分疼愛她的第一個孫子佳彥，佳彥也特別親近她。父親過世了，母親也變得只能在這六疊大的房間裡起居，但是他還是每天都待在這裡，即使是上了高中，也常常會來露個臉。這樣的佳彥，讓篠田感到疼惜。

「母親。」

他一叫喚，眼瞼下面的眼球就開始轉動，過一會兒就微微地睜開，從下面看著上身前傾的篠田。她的眼神一如往常，看起來很虛弱、很悲傷……以前那個嚴肅、一手掌管家中大小事的母親，早已不在了。

篠田在她耳邊輕輕地說道。

「殺害佳彥的兇手已經落網了。」

母親的表情沒有什麼變化。

篠田轉頭去面對著紙門，因爲他剛剛聽到了走廊上有腳步聲傳來。他才在想著是誰，臉色蒼白的美津江不一會兒就飛奔進來。

「親愛的！」

「妳聽說了嗎？」

美津江一下子無法作出回應，用顫抖的手指著玄關的方向。

「嗯，剛剛我回來的時候，在外面突然遇到警方的人——」

3

小小的佛堂裡，一轉眼就擠滿了人。

「請讓我上一炷香。」

五堂署的稻森署長，帶著所屬的次長跟刑事課長一起來，這是他們三個人初次見面，之前署長有人事異動時，代理的署長都會來家裡問候一下，不過最近幾年連聲問候都沒有了。地方報社的記者和電視台的人也都進到佛堂裡面來，也有在袖子上別了臂章的大報社記者在場。篠田看到好像是警察帶著他們進來的樣子。

稻森在佛壇前跪坐下來，插上線香之後，雙手合十，乾咳了一聲，就對著佳彥的照片說起話來。

「您現在應該了無牽掛了吧！從那件事發生到現在，雖然已經過了漫長的十年歲月，但是，多年來的調查終於有了結果，因此，今天特來造訪並向您報告，那個令人憎恨的兇手已藉由我們的手逮捕歸案了。請您現在可以安心地長眠九泉之下。」

記者猛抄著筆記，閃光燈也此起彼落；電視台的攝影機一面緩緩移動，一面捕捉著稻森的表情。篠田和美津江在房間的一個角落，顯得十分渺小，擋在他們眼前的攝影師身上所穿著的鮮紅色休閒衫，讓他們的眼睛感到刺痛。

「儀式」看樣子好像結束了。稻森從佛壇前面退開後，記者和攝影師都不約而同地轉過頭去。

「篠田先生，好久不見了。」

一個很眼熟的記者目光炯炯地看著他，狀似親近地跪坐著說道。這個人應該是「縣友TIMES」的今井，在案子發生後第三年與第五年，他都因爲節目取材而來拜訪。他可能多半也察覺到篠田記得他的臉，所以有點想把這個場面的主導權轉向自己。

「哎，終於逮到了呢！」

眞是太好了。他這麼說著。他應該是沒有惡意的，而是由衷認爲這是一件好新聞，這從他臉上的表情可以看得出來。

「是啊，託您的福……」

篠田說著，今井攤開了他的筆記本。

「現在方便讓我採訪一下您的實際感受嗎？」

篠田有點說不出話來。他現在連兇手到底是怎麼樣的人都還不知道。

「即使只有一句話也可以。」

好幾雙機靈的眼睛一起緊緊盯著他看。

篠田這才明白，原來「儀式」還沒有結束。

「太太，請問您的心情如何？」

電視台的女記者把麥克風伸出去，臉上掛著彷彿在對小孩子微笑一般的笑容。

美津江頭也不抬地說道。

「……現在根本就還……」

「請問有沒有什麼想對兇手說的話呢？」

美津江好像在思索著要說些什麼，但是，她最後什麼也沒有說，用雙手摀住臉。

看不下去的篠田開口了。

「抱歉，可以請你們先別問了嗎？兇手才剛剛被逮捕而已，我們都還沒從警方那裡聽到任何的細節。而且以我們現在的心情，根本什麼都說不出來。」

「不，話不是這麼說。」

馬上就有一個不認同的聲音跳出來。

「過了十年好不容易才逮捕到兇手，只要針對這一點，說說你們的心情就可以了。」

篠田拼命壓抑著他快要抓狂的心。

看來要是不說些什麼，這些記者是不會離開的。

他不加思索地開口說道。

「關於兇手已經被逮捕這件事，這個嘛……我們很高興。這樣佳彥也可以無牽無掛了，我們向警方致上最深的謝意。雖然呢……就算兇手落網，也已經沒有辦法挽回佳彥了，不過現在總算可以不用再壓抑對兇手的恨意了。」

記者們滿意地點著頭。

篠田覺得自己在騙他們。雖然他流露的感情不是假裝出來的，但是他所說出的話，大部份都是從不知道什麼地方借來用的，不太有眞實感。

記者們像退潮一般紛紛離去後，篠田草草向稻森道過謝，之後問道：

「請告訴我，那個叫做鈴木信行的男子，到底是怎麼樣的人？」

稻森嚴肅地點了點頭，對著在他背後正襟危坐的刑事課長使了個眼色，課長把手伸進信封裡，拿出一張大約四吋大小的照片。

「就是這個人。」

心跳忽然一口氣急速上升。篠田的手僵硬地拿過照片，放到眼前凝視著，他的臉頰也碰到了美津江溫熱的臉。

——就是這傢伙把佳彥……

他不是什麼妖魔鬼怪，是個頭髮染成茶色，看起來就只是個街上到處都看得到的遊手好閒的三十多歲男子而已。

不，他的眼神還是比較兇惡，眉毛也剃得細細的，好像還可以聽見他的嘴巴在抱怨著什麼似的。篠田拼命在挑他的毛病，全身血液都集中到頭上來，拿著照片的手也因爲太過用力而把照片捏皺了。

稻森戴起眼鏡，一面看著便條紙上的備忘一面說道。

「鈴木他——中學畢業之後，馬上就開始從事他家開的水電工程工作，犯案的時候才剛滿二十歲。雖然沒有前科，不過他好像有跟當地的飆車族那些人來往。這個鈴木，上個月以殺人未遂的罪名被逮捕。本來只是模仿跟蹤狂的行爲，後來愈發狂妄地用電工用的刀子刺殺上班女子，造成對方嚴重的傷害。在調查他是否有其他罪行時，最後才發現令郎的命案。」

聽說決定性的證據是ＤＮＡ的鑑定報告。在佳彥的手指甲裡，殘留了很少量的血跡和皮膚的碎片，這恐怕是在和兇手纏鬥的時候，佳彥用手去抓對方的喉嚨所造成的。這些微的皮膚碎片，經過十年之後，指認了眞兇。

篠田尖銳的眼睛向上看。

「他認罪了嗎？承認殺害佳彥了嗎？」

「不，他否認了。」

「否認……？」

像是一盆冷水迎頭澆下。

「請不用擔心，他這只是垂死掙扎而已。我們的證據都已經準備齊全了，現在就只差他的口供而已。」

「可是——」

「不過，雖然他否認殺害令郎，但是他已經坦承，在案發當天，有恐嚇並強取令郎身上三千日圓的現金和他的手錶。」

「咦……？」

沒料到會冒出這句話。

「那是一只定價二萬日圓的G－SHOCK手錶，請問您有印象嗎？」

篠田的手捻著下顎。他不記得有買過這麼貴的手錶給佳彥。他把視線投向美津江，她也回他一個不知情的莫名其妙表情。

算了，比起這種小事——

「那個男的和佳彥是認識的嗎？」

「似乎是案發當天才第一次看到對方的樣子。」

「那他爲什麼要恐嚇佳彥？那個男的是在哪裡、爲了什麼事情看他不順眼呢？」

「這個嘛……」

稻森支吾其詞。

這個反應出乎篠田的意料，他心中湧起不祥的預感。

「事情到底是怎麼樣？請說清楚！」

稻森像是覺悟似地點了點頭。

「那我就據實說了。根據鈴木的口供，他親眼目擊令郎在書店裡面行竊。」

他懷疑自己聽錯了。

偷竊……？

佳彥他……

「他尾隨在令郎身後，到暗處以這件事來威脅令郎。」

一股熱風穿過胸口。

「請你不要亂說話！」

「篠田先生——」

「這擺明了是騙人的！佳彥絕對不可能做那種事情！」

「請冷靜下來。我們並非全然採信所有的說詞。但是，以鈴木的說法，聽起來也有點道理。」

「有什麼道理！警方難道會相信那種人講的話嗎？把殺人兇手的連篇廢話信以爲眞，我兒子都已經死了，還要再來傷害他！」

後悔也來不及了。

他對稻森的憤怒已經高漲到要突破了極限。得意洋洋地帶了一堆記者過來，還對著第一次見到的佳彥的照片，說出那些情感肺腑的話，他這種僞善的態度，篠田從一開始就不該忍氣吞聲。

篠田雙手拍了一下榻榻米，站了起來。

「請回去吧！我不想再聽到你們任何一句話！」

4

臉上感覺到柔和的光線。

短暫的午後時刻，陽光會灑落在佳彥房間的地板上，彷彿在老舊的書桌和書架之間鋪設了一席金黃色的毯毯。房子周邊圍繞著公寓和大樓，以致一樓的陽光幾乎都被剝奪，但是就只有位於二樓的佳彥的房間，從以前年輕的篠田還住在那個房間時，就一直都滿溢著陽光。

篠田在照射進來的陽光正中央坐了下來。

知道兇手的名字，也看過他的照片了，他所應該憎恨的對象，已經清清楚楚地出現在眼前，他終其一生，都會憎恨、詛咒這個男子，而且應該也會不斷在心中吶喊著，要他以死償命吧！

可是……

在像是被烤焦的心中的某個角落，還是有一個被隔離開來的冰冷一隅。

那個署長所說的話。

偷竊——

他好想把耳朵給塞起來。

不可能。那麼乖的佳彥，不可能會做出那種事。他是這麼一個率真的孩子，是比誰都還優秀的孩子。

這麼樣的……

那是佳彥剛上小學那年的事。父親竭盡心力所栽培的黑松盆栽，被發現有兩盆遭人打破，直到傍晚，佳彥才坦承是他做的。對不起，是我玩球時打破的。但事實上並非如此，那是當時養的柴犬太粗魯所弄破的，他是在袒護牠。知道眞相之後，當時感激的情緒直到現在都還無法忘懷。篠田在他理著小孩子短髮的小小頭頂上，用力地撫摸著。好孩子，不愧是我的孩子——

篠田虛弱地嘆了一口氣。

說到那個「我」，一路走到現在，過的並不是什麼値得嘉勉人生。重考了兩次才順利進入大學，上課都偷懶不去，常常通宵打麻將到天亮。畢業之後也沒有馬上就業，但是也沒有回到老家去，用現在的辭彙來說的話，就是一面做著所謂的打工族，一面周遊這個滑稽可笑的城市。接著就是進入會計事務所，這是爲了諷刺那個不容挑戰的父親。老爸的事務所就免了，我的人生，要怎麼過是我的自由。因爲如此，他頭腦的某處仔細盤算著。等到眞的發生什麼問題了再回去也可以。這樣一輩子都不用爲生活發愁——

篠田朝窗戶望去。

遠方有聲音傳來，是一段一段，間隔規律的聲音。是植草裝訂廠，他們是父親那一輩的客戶……

結果還是順了父親的意。眼看著就要三十歲，篠田突然開始對自己的將來感到不安，就像是身處過度喧鬧的遊樂園中央時，不經意地環顧四周，才忽然發現自己已經迷了路，這種不安的感覺很相似。在都市中，對於既不努力做事，也沒有幹下壞事的人來說，是一個什麼願望都無法達成的地方，這一點他深刻體會到了。經由朋友介紹而認識了美津江，最後演變為深切的情誼，美津江的存在，給與了篠田回鄉的決心和藉口。

第一次覺得自己正面地迎向人生。在事務所工作了半年之後，才開始了解父親一部分的想法。父親受到客戶的景仰，他也絕對不會對經營到窮途末路的客戶見死不救，就算被積欠顧問費，也以「等到發達了再付就好」來一笑置之。這也是為什麼大家都稱呼他為「紅鬍子醫生」的原因。不只是稅務方面，鎮上一切的問題都可以找他商量，像是為了爭奪遺產而吵鬧不休的家族內部糾紛，或是從幫忙人家辦婚禮到安排葬禮這些事，他從不面露難色，只要來一通電話，他就馬上趕過去。他不只單單是一個老好人而已，這樣的作風也為他贏得了不少客戶。一手創立事務所、擴張業務，並且一直守護著費盡心血所得來的上百家客戶，父親說客戶就是「寶物」，而且還說，這個「寶物」希望無論如何都要由身為獨生子的你來繼承下去。

雖然踩到了他失敗的尾巴，但是篠田還是在心中悄悄地以「紅鬍子」為目標。佳彥出生之後，第二年美香也出生了，工作也變得更有幹勁。不能追逐著父親的腳步，父親也警戒著，不讓他追上來。就算客戶的名冊都交給他了，在「信賴」這一層面上卻無法放手。「寶物」是屬於父親的，這個寶物要在父親去世的時候，才有可能讓渡給兒子。這一點他後來才明白。

好想要有自己的客戶。篠田開始主動出擊。當時他到尚未有客戶的鬧街裡去開發客源，每天晚上都去一家又一家地喝，並跟店主人聊節稅的話題。然後終於有了成果，先是一家，接著又一家，居酒屋和小酒館都陸續把他們的帳冊交給他，忽然間，工作變得有趣多了，開始增聘事務員，也擴充了資產稅部門。就在此時，父親因心臟病發作而驟然去世。失去了之後，才發覺身爲支柱所負的責任有多沉重。不只是管理客戶而已，事務所營運的重任也壓在他的肩上，他不顧一切地拼命工作，告訴自己這正是緊要關頭，不斷地鞭策自己。事到如今，對篠田來說客戶也是「寶物」，他想傳承給佳彥，不知不覺間也跟父親有了一樣的想法。就差不多在這個時候，把所有的希望都斬斷的悲傷消息硬生生闖了進來——

篠田垂著頭，涼颼颼的風吹打著他的臉頰。陽光也已經從房間裡消失了。

家裡的事全都交給美津江打理，就算是這樣，佳彥也不用任何人操心。還沒有跟他說過關於事務所的事，萬一反抗的想法開始萌芽的話就不堪設想了。偶爾放假時在起居室跟他碰到面，彼此還有一點點羞澀。佳彥曾經聊過學校有名的怪老師和職業棒球錦標賽的輸贏等等話題，在偏差行爲上，連一點點些微的預兆都沒有，一直到長大都還像小時候那麼率眞。他是這麼認爲的，他也這麼相信著。

偷竊——

篠田緊握住拳頭。

他打從心底憎恨那個叫做鈴木的男人。眞是豈有此理，殺了佳彥還不夠，還要繼續污辱那個持續活在篠田心中的無瑕的兒子。不——

篠田對兒子也抱有疑問。

不只是在書店偷竊一事而已，而是「G-SHOCK」。爲什麼佳彥會有價值一萬日圓的手錶？

篠田用拳頭使力地敲額頭。

不對。沒什麼好懷疑的。怎麼可以懷疑佳彥。

情感和思考爭執不下。心嘎嘎作響，他不由得大叫了起來。

「親愛的……」

嚇了一跳回頭看，美津江站在昏暗的房門前面，彷彿幽魂一般，只有臉部是蒼白的。

「美香打電話來了，說她看到了電視新聞……」

「是嗎……她什麼時候過來？」

「她說沒辦法過來了。」

「沒辦法過來……？」

「嗯，她說今天晚上，已經邀請爲他們作媒的小山夫婦到他們家裡作客。」

篠田眼神十分憤怒。

「再推掉不就好了！」

「我也這麼說了……」

「兇手抓到了唷！是殺死佳彥的兇手——她怎麼可以不回來！」

「……」

「到底哪邊比較重要？是媒人還是佳彥！」

就算對著美津江吼叫也於事無補，篠田飛奔出房間外，發出很大的聲響走下了樓梯。

5

電話響了五聲之後，美香接了。

「是我。」

〈啊，爸爸……〉

像是已經有了會被罵的覺悟了。

「爲什麼不回來？」

〈對不起。我已經跟媽媽說過了，今天晚上我跟媒人有約。〉

「那種事情給我拒絕掉！」

〈……〉

「美香，妳到底知不知道啊？是那個殺了妳哥哥的傢伙被逮了耶！」

〈……〉

「美香！」

〈我聽到了啦。我也知道你說的事……可是，我不是說了嘛，我就是沒辦法過去。〉

「沒辦法……？」

〈你別生氣喔。爸爸你不是也知道嗎？小山先生是勇太上班的銀行的部長。〉

「那又怎麼樣？妳倒是說說看啊！」

〈算我拜託你，別再大吼了。勇太跟爸爸你是不一樣的，他只是一個上班族，所以這個約是推不掉的。你可以瞭解吧，我們也有我們的生活要過。〉

篠田斜眼瞄了牆上的名信片一眼。「森勇太・美香❤新居落成通知」。

「什麼生活嘛！」

〈啊……？〉

「明明就連丈夫的早餐都沒有做，那樣子也能叫做過生活嗎？不過就是扮家家酒罷了！」

〈太過份了……低血壓是一種疾病，又不是我要偷懶！〉

「隨便妳怎麼說！一定是妳老公跟妳說了什麼吧？是不是他要妳別過來！」

美香的聲音變得模糊不清。

〈我還沒跟他講……〉

「為什麼不講？他跟佳彥不是同班同學嗎？現在馬上打電話到銀行去！」

〈這種事，我做不到。〉

「為什麼做不到？」

〈如果我跟他說了，他一定會把跟小山先生的約給推掉的。〉

「這是當然的，這樣不是很好嗎。」

〈一點都不好！我不想讓勇太在無聊的事情上傷腦筋！〉

美香清楚明確地說。

無聊的事……？

「美香！妳、妳竟然說佳彥的事情是無聊的事！」

〈我沒那麼說。如果我回去就能夠讓哥哥復活的話，我馬上就飛回去。但是，現在對我來說，活著的勇太更重要！〉

篠田無話可說了。不，其實在喉嚨裡還有一句差點脫口而出的話。

那妳就再也別回來算了——

但是衝出口的是別句話。

「所以當初妳要跟他結婚的時候，我才會那麼反對！」

〈好了啦，你又要再舊事重提了嗎？〉

美香才剛進入中學，就迷上了那時候的森。當年的森看起來就很時髦，不但成績是前段的常客，在田徑隊裡也很活躍，在女孩子之間很受歡迎，似乎不太把美香看在眼裡。總而言之，如果什麼事都沒有發生的話，事情應該就會以美香單方面的暗戀作結才對。

「還不就是因爲這樣妳才會跟那傢伙結婚的！」

〈夠了！你幹嘛一定要遷怒到勇太那裡去？〉

「我才要問妳咧！妳幹嘛那麼在意妳老公啊？難道是妳去求他拜託他娶妳的嗎？還是有什麼隱情嗎？」

〈才沒那回事！是勇太老是遷就我。他是一個非常體貼的丈夫。〉

「我才不管妳那個！」

篠田作嘔般地說。

在佳彥出事情之後不久，森因爲擔心美香而打電話過來，藉著這個機會，二人偶爾也會相約見面，他安慰著美香，一直溫柔地支持著她。美香好像有把他們的關係透露給美津江。不久之後，二個人就開始交往，在美香看來，她苦戀十年之後終於開花結果，這完全出乎她的意料之外。一直到提出訂婚的事之前，篠田對此事完全不知情。

還太年輕了。這就是篠田反對他們結婚的理由，不過這不是他的眞心話，他其實是無法忍受，他們二個因爲佳彥的關係而在一起。佳彥跟森，從小學時就是同學，雖然沒有很要好，但是二人又一起進入了同一所縣立高中，有的時候也會一起出門去玩，所以森才會打電話給美香，對於在最糟糕的狀況下失去哥哥的美香寄予同情。只有這樣的話也就算了，但是，他無法接受二人的關係竟然發展到戀愛階段，因爲他們這樣實在是太不把佳彥放在眼裡了。和已故的同班同學的妹妹在一起，也許這件事在旁觀者的眼中看來是一件美談，可是，對於將佳彥的不幸轉化爲自己的幸福的美香，篠田就是無法祝福她。

因爲哥哥的事情，我也吃了很多苦。我也想要變得幸福——

最後還是被美香的眼淚打敗了。不過，他並不是徹底地接納，篠田的心中仍然是火冒三丈的。算我拜託你，雖然美香這麼請求他，但是篠田直到現在還是不曾直接稱呼森的名字。

〈明天我就會回去。〉

美香這麼說之後就掛斷了電話。在電話掛斷之前，他聽到了微波爐發出的聲音，看樣子她正在做要帶去給那對媒人夫婦的菜。

篠田跌坐在電話前。

這十年來，家裡的每個人都很痛苦，不管是篠田、美津江還是美香，就連臥病在床的母親也……

然後，今天，兇手終於被逮捕了。終於可以知道那個不斷帶給整個家族痛苦的人到底是誰了！可是卻──

他覺得，美香的存在似乎離他很遙遠。

在憤怒之後，只剩下沉甸甸的寂寥感在篠田的心中揮之不去。

6

夜深了。

就算已經鑽到棉被裡，篠田還是無法成眠。

在視網膜上，映照著鈴木信行動態的影像，這是傍晚時在電視新聞上面看到的影像，也只有他從警察局的後門出來，到進入箱型車之間的短短幾秒而已，並沒有看到鈴木的臉。他的兩側都被像是刑警的人給抱住，頭上用灰色的上衣遮蓋著，是一個身材矮小的男子。篠田所知道的就只有這些而已，電視畫面一下就切換掉了，取而代之的是開始播放麥克風朝向自己時的畫面。

他在傍晚時跟事務所連絡，鹿沼愛子慌張地把電話轉給田所陶子。眞是太好了。陶子這麼說道。跟記者一樣，她話中並沒有惡意。他說他明天要休假，如果硬要上班的話，情緒一定很紊亂，而且在這個時候，他也不忍心把美津江和行動不便的母親一起留在家裡。

「美津江──」

篠田在黑暗中出聲叫道。他知道美津江也還沒睡著。

「眞是忙亂的一天。」

「……嗯。」

今天家裡的電話也響個不停，遠房親戚、佳彥的恩師和朋友、週刊雜誌的記者都打來了，說不定比在「電話之日」時的事務所裡接到的電話還要多。

「如果就此全部眞相大白的話，感覺上所有的一切也都告一個段落了。」

他不知道說這話的自己到底心情如何。他可能只是爲了美津江才說這些話的吧。

稍微過了一會兒，「嗯……」嘶啞的聲音傳來回應。

「母親看起來好像完全不知道發生了什麼事的樣子。」

「對啊……」

「明明以前是她最疼他的說……」

「嗯。」

篠田重重地嘆了一口氣。

「可是，美香還是沒回來。」

「你也不要太責備她。她已經有自己的家庭了。」

「如果是別的事情也就罷了，唉。」

「親愛的。」

「幹嘛？」

「過了好久呢。」

美津江的話滲透進心中。

跟黑暗對望一會兒，篠田才回答道。

「是啊……眞的好久了呢……老實說，我本來已經死了一半的心了。」

「嗯，我也是……」

從感慨的聲音中，感受到美津江也已經有了年紀了。

篠田把情感都注入到言詞中。

「妳也盡力了。」

「我才沒有……」

「而且，佳彥也很了不起。」

「了不起……？」

「就是ＤＮＡ啊，警察才沒有做什麼厲害的事，能夠逮到兇手都是佳彥的功勞。」

「嗯，說得也是。不過，警察也做了很多不是嗎……我很感謝他們。」

篠田上半身坐了起來。因爲眼睛已經習慣黑暗了，他隱約可以看見美津江的睡姿。

他直接了當地開口說。

「妳對那件事的看法如何？」

「什麼事？」

「就是說他偷竊的那個。」

「……」

「妳認爲佳彥可能會去偷竊嗎？」

伴著呼吸的節奏，她出聲回答。

「不管到底是眞是假，佳彥就是佳彥。」

篠田沉默了。

美津江語氣中的堅強打擊著他。

不管兒子到底是怎麼樣的……所謂的母親，就是這樣。

篠田把身體縮回棉被裡。

翻身的時候，忽然，他開始思考起鈴木信行的雙親的心情。

7

打擾了淺層睡眠的，是美香打來的電話。

〈爸爸，你看過報紙了嗎？〉

她的聲音很緊張。現在才五點半而已。

「沒有，還沒看。」

〈快點去看！刊出來了，上面寫說哥哥去偷竊！〉

不會吧——

篠田快步走出玄關，到門外的信箱把「縣友TIMES」抽出來，當場就攤開來看。在社會版上大幅刊載了佳彥的報導。

五堂市的少年遭殺害　睽違十年終於破案

篠田的眼睛緊追著報導，他的目光停在一個點上，睜大了眼。

——嫌犯鈴木以一句「你在書店偷東西對吧」向佳彥找碴——

血液逆流到頭部。

佳彥是被害者。他被殺了。爲什麼，還非要把這種東西寫出來不可呢？

篠田手拿著報紙跑進屋內。他一手拿著電話筒，一手匆忙地撥著刊載在報紙一版的報紙名稱下方的電話號碼。昨天來採訪的今井那雙大眼睛浮現在腦中。

〈您好，這裡是縣友TIMES。〉

是年輕男子的聲音，聽起來很睏倦。

一說到自己是篠田佳彥的父親，男子的聲音似乎就清醒了。

〈啊，是伯父嗎？眞是太好了呢！敝社的每個人都很爲此高興！〉

毫不掩飾的，篠田開門見山地說。

「這篇報導是今井先生寫的嗎？」

〈是的，我想應該是這樣沒錯。〉

「我希望他能打電話到我這裡來。」如此拜託之後就掛了電話。

等了整整三十分鐘之後。

〈啊，我是今井。昨天打擾您了，眞不好意思。〉

他質問這個開朗的聲音。

「今井先生——你爲什麼要寫這種胡說八道的東西？」

〈胡說八道……？〉

發瘋似的叫聲突然從話筒的另一端傳過來。

〈我才沒有亂寫東西！〉

篠田也粗暴地說道。

「明明就有！說佳彥去偷東西這個根本就是胡說八道！」

〈請等一下……〉

聽到打開報紙的沙沙聲，過一會兒之後，鬆了一口氣似的聲音再次回到電話另一頭。

〈沒有啦，這些是下面的人寫的，我覺得沒有什麼太大的問題。〉

「沒有問題……？」

〈篠田先生，請您好好看一下。有提到佳彥在書店偷竊的部分，這都是嫌犯鈴木的供詞內容而已，並沒有寫佳彥實際上眞的就是小偷。〉

「看了這些東西，誰都會認爲佳彥是小偷吧！」

〈怎麼會，不可能會有人這樣想的啦！不都寫了是被找碴的嗎？所謂的找碴，就是用些有的沒的藉口嘛！〉

「別想要愚弄我！」

〈……〉

「佳彥可是被殺了耶！你們竟然還敢寫這種過份的事！」

過一會兒，今井的聲音變得低沉。

〈很遺憾。我們只是寫出事實而已。〉

事實……？

「你看到了嗎？你親眼看到佳彥在偷東西了嗎？有嗎？」

對方有點不悅地嘖了一聲。

〈所以我不是說，我們也並沒有肯定地寫出來嘛！這只是鈴木的供詞而已，是客觀的事實！〉

「所以你是說，傷害佳彥也沒關係就是了！佳彥可是被害者耶！你們到底是站在哪一邊！」

〈篠田先生，請先冷靜一下。〉

今井用試圖說服的語氣繼續說道。

〈雖然我明白您的心情，但是可以請您停止嗎？〉

今井已經很斟酌自己的用詞了，但是發現對方根本置若罔聞。

「你要我停止什麼？」

〈……〉

「說啊。你剛叫我不要幹嘛？」

〈所以說呢，敝社的報紙，都是爲了想要協助逮捕犯人所以才會寫這些報導——〉

「別想蒙混過去。你剛要我不要做什麼？給我說清楚。」

下個瞬間，冷漠的聲音衝入篠田的耳中。

〈就是請您不要再濫用被害者的身份了。〉

篠田的腦中開始搖晃。

濫用……被害者的身份……？

不要再擺出一副被害者的架子了。不要以爲遺族就有多了不起。這個男人是在說這件事嗎？

「你、你啊——」

〈偷東西是一件這麼了不起的事嗎？一時衝動總是會有的吧？年輕的時候，不管是誰都會多少做過一些壞事啊！〉

「別開玩笑了！佳彥都已經死了，不管你們這些卑鄙的傢伙們寫再多東西，他也連一句辯駁的話都沒辦法說啊！」

〈卑鄙……？〉

被激怒而發火的聲音響起。

〈我已經充份了解您打電話的來意了。總而言之，就是說我們的報紙傷害了佳彥同學的名譽是嗎？〉

「沒錯。」

〈你所要維護的，眞的是佳彥的名譽嗎？〉

「什麼……？」

〈其實，說不定是——你的名譽吧？我這樣有說錯嗎？〉

篠田顫抖著。

雖然很想要生氣地吼回去，但是嘴唇一直發抖，說不出話來。

這句話歪打正著。這的確很有道理，反面地鑽入對方的心理，通常都可以讓對方感到膽怯，對方會認爲你說中了他內心深處的地方，想法也會因此而動搖。藉由記者本身過往的經驗，他知道話語也可以當作凶器來使用。

這樣的人是報社的記者——

篠田放下電話筒，肩膀因呼吸而起伏。如果再繼續跟對方爭論下去的話，他覺得他一定會去把今井這個人給殺了。

8

篠田出門去五堂署。

報導已經刊出來了，現在再去抗議也已經於事無補。他這麼想著，但也覺得不該默不吭聲。才剛過了上午八點，警察署內還處於早上的忙碌狀態中，他很快地就到了署長室。之後一段時間，稻森都神色緊張地勸他先去沙發坐下。

他知道篠田是爲了何事而來。篠田一開口就說了報導的事，稻森連忙誇張地在面前搖著手。

「你搞錯了。偷東西這個說法不是從我們這裡出去的，是報社擅自寫進去的。」

擅自寫進去的……？

「你別說這種不負責任的話。如果不是警方跟記者說，記者也不可能寫得出那種報導吧？」

「不，我說的是眞的，這種事情並不少見。你知道獨家新聞戰爭吧？就是明明沒有正式發佈，但是記者卻匆匆地從負責案件的刑警那裡問一問，就寫一篇報導出來了。」

這並不能算是辯白。不管到底有沒有正式發佈消息，事情都是警方跟記者說的，這是不爭的事實。

正打算這麼說的時候，稻森像是要先發制人似地開口說道。

「不過，篠田先生，你的神經還是不要繃得這麼緊比較好喔！」

「你是什麼意思？」

「反正只要開庭了之後，所有的一切就都會公開出來了，不管是起訴書還是鈴木的自白內容都會被宣讀出來，到時候那些內容也會被寫進報導裡面。」

開庭——

彷彿被一個重物狠狠打了一下。

就如同稻森所說的，就算現在可以跟警方或者是報社抗議，但是也不能夠跑到法院去叫法官不准說。這不擺明了死人無辯駁的餘地嗎？佳彥在庭上什麼都不能說，殺人犯的一面之詞就是眞相，轉變爲報紙上的鉛字，永遠被片面地保存下來。

篠田的肩膀無力地垂下，疲勞感襲上他的肩頭，他似乎感覺到活動的核心被奪去了。偷窺……也許佳彥眞的幹了吧。他的心情，已經漸漸轉向相信這不是作假的那一邊。好想隱瞞起來，就算是用謊言去掩飾也好，他好想把這件事給隱瞞起來。佳彥正在冰冷的泥土下面，已經渡過了孤獨的十個年頭了，至少想讓他能夠靜靜地長眠，不想讓他再吃任何苦頭了。

想保護他，即使知道這是辦不到的事。

「篠田先生。」

稻森一面觀察情況說道。

「其實，我也不知道是否應該要告訴你……」

篠田抬起頭。

「……什麼事？」

「昨天稍晚的時候，鈴木信行就已經全部都招認了。」

這些話一時之間還無法進入篠田的頭腦中。

「啊？」

「他都招了。連同殺害令郎的事。」

篠田凝視著稻森，發不出聲音。

「您想聽他自白的內容嗎？當然，務必請您不可洩漏。」

「麻煩你了。」

篠田急切地說。

稻森用內線電話指示刑事課長拿報告書進來，刑事課長不一會兒就進來了，顯得相當困惑。

「報告書借我一下。」

「可是……」

刑事課長支支吾吾的，向篠田瞄了一眼。

「沒關係的，給我。」

拿過報告書的稻森，轉過身來面對篠田。

「在自白裡面，也會提到令郎偷竊的事情……」

「沒關係。麻煩你了。」

稻森點點頭，把文件拿在手上。

「那麼，我要說了。請您務必要冷靜地聽。」

冷靜。他馬上就知道爲什麼要說這句話了。

「首先是在犯案前的事。令郎當時似乎是和朋友倆個人在一起。」

篠田幾乎要大叫起來。

佳彥不是一個人！

「當時的情況是這樣的——令郎和另一名少年正在書店的參考書賣場那邊行竊，目擊到這件事的鈴木就跟在走出書店的二人身後。因爲他身上帶著電工用的刀子，他似乎是想用那個去威脅他們倆人。在走到暗處之後，他從他們的身後叫著說，喂，等一下，這時候他們二個人一溜煙地就逃走了。因爲剛剛才偷了東西，所以有可能誤以爲背後的聲音是書店的店員來了。」

二個少年分別往不同的方向逃走，鈴木追的方向就是佳彥，因爲他跑得比較慢。鈴木的自白上是這麼寫的。

篠田忍不住發問。

「另一個逃走的少年是誰？」

「現在我們還不知道名字。我們也是聽了鈴木的自白之候，才第一次知道有這一號人物存在。說來眞的很遺憾，要是在案件發生的當時，他可以來通報姓名的話，也許就可以更早逮捕到鈴木也不一定。」

篠田像是同意這番話般地點了點頭。那個少年一定有看到鈴木的臉吧——

「這之後，就是犯案的經過了。」

稻森直視著篠田的眼睛說道。

請繼續下去。篠田回望著他。

「鈴木在昏暗的停車場裡追著令郎。你剛剛偷東西了吧？我都看到了。他這麼說著，把令郎壓在水泥牆上恐嚇他。在這時候，他好像還沒有拿出電工用的刀的樣子。令郎很聽話地順從了他，先是把現金三千圓給他，再來就是像鈴木所說的，把錶也給了他。」

佳彥並沒有反抗……

「既然這樣，那又爲什麼？」

稻森沒有看篠田的眼睛，繼續說道。

「好像是因爲令郎撂了狠話的樣子。因爲那句話鈴木才拿出電工用刀，從正面朝著令郎的下腹部刺了進去。令郎因爲陷入了驚慌狀態，緊緊地掐住他的脖子，所以他又刺了一刀——鈴木是這麼自白的。」

「佳彥他……」

篠田的聲音在抖。

「他對鈴木說了什麼？」

稻森的目光再度回到文件上。他放低了音量，直接照著唸出了佳彥的「狠話」。

「我老爸可是混黑道的。他一定會把你找出來，讓你沉到海裡去。」

篠田站了起來，腳步搖搖晃晃的。

他一語不發地向稻森鞠了躬，走出了署長室。

外面的光線讓他睜不開眼。

來的時候他是搭計程車來的，回去時他選擇走路。這裡離他家的距離大約是二十分鐘。在看到美津江的臉之前，他認爲這些時間是必要的。

我的老爸是混黑道的——

他竭盡全力地虛張聲勢。

高中一年級，十五歲……正是男性意識抬頭的年紀，也是憧憬著力量，懷抱著希望有強壯腕力的時候。這時候也是以屈服他人為恥，最厭惡世界上所有一切強制力的年紀。被威脅，還被迫拿出錢來，佳彥一定相當悔恨吧。

所以才說出這種話。

「我的老爸是混黑道的！」

一點都不值得大驚小怪。不管是沮喪也好，惋嘆也罷。眼淚流下了臉頰。

一步一步地，走在鋪著地磚的人行道上。一面這樣走著，一步又一步，好像就更接近佳彥所說的話。不管原因是為什麼，那是佳彥所說出的，最後的話。

「我老爸是混黑道的。」

不對。篠田絕對跟黑道扯不上邊。他在心裡暗暗地說著。

「讓你沉到海裡去。」

佳彥的內心絕對沒有變。篠田依然如此相信著。

離家愈來愈近了。

篠田用手帕擦拭著眼睛。謹慎起見，他還多擦了幾次，把所有的淚痕都擦掉。

兇手抓到了。

知道佳彥最後的情況了。

知道案件的所有始末了。

不……

還有一個。

進入玄關之後，出乎意料地，美香出來迎接他。他皺起了眉。

「爸爸，怎麼樣了？有跟警方好好說過了嗎？」

「嗯，我有好好說了。」

篠田一面脫掉鞋子，一面說道。

「妳那邊還好嗎？」

「什麼？」

「媒人那裡怎麼樣了？」

這時美香的臉上綻開笑容。

「很不錯唷！說我菜做得很好吃，大大地誇獎了我呢！」

篠田凝視著美香耀眼的臉龐。

重大的悲傷突然向胸口湧來，這股悲傷變化爲激烈的憤怒，一口氣衝破了臨界點。

9

晚上十點——

肩膀寬闊的身影出現在佛壇前面。

篠田對著那個微微顫抖著的背影，說道：

「你能夠正視佳彥的臉了嗎？」

「……」

「轉過來看著我。」

「……」

森勇太還是沒把合十的手掌放下。

在工作結束之後，他搭上了新幹線。「我想聽聽那天的情況，如果你不能來的話，我會過去。」他接到了篠田的電話，篠田這麼說道。

十年前，那個逃走的少年——

中學時代在田徑隊裡很活躍，想必逃命起來也一定很快。

這些都只是TIMES自己擅自寫的。稻森署長是這麼說的，也就是說，其他的報社還沒有寫出偷竊的這個環節。他也因此才注意到一件事。「縣友TIMES」是這個E縣的地方性報紙，美香所在的東京是看不到的。那麼，爲什麼，美香會知道TIMES上面有寫偷竊這件事呢？

是森告訴美香的。

森昨晚很可能都沒睡覺，在天剛亮時就跑到街上去到處搜購各家的報紙。他想知道鈴木到底供出了哪些事，有沒有寫到自己從現場逃離的事情呢——他無法不擔心這件事。

每一家報紙都沒有寫出來。可是，還不能夠放心，他還掛念著當地報社發行的縣友TIMES。森打電話到自己的老家去，問了報紙上的內容，於是得知偷竊的事情被刊登出來了。他一定相當震驚。再這樣下去，他認爲「逃跑的少年」這件事遲早也會從警方那裡洩露出來，被其他報紙刊登。森感到焦慮。然後，他想出了一個辦法，他想利用被害者的父親——篠田的「力量」，讓篠田去向警方和報社抗議，以防止其他更詳細的新聞被寫出來。

但他認爲，如果直接由自己打電話給篠田的話，會因爲不自然而讓人留下印象。邪念的念頭在心中醞釀，森搖了搖還在睡眠中的美香。現在才五點半而已，他還是硬把因爲低血壓症而無法早起的妻子給叫醒了。

森在佛壇前面，一動也不動。

他可是田徑隊的名將，在校成績也是前段的常客，眼前正有光明似錦的未來。事實上，森進入了一流的大學，並且最後如願進入都市銀行工作。

不想因爲偷竊而被捕，所以他逃走了，也不想說出來。森絕對沒有對佳彥見死不救，他們二人往不同的方向逃走，只不過鈴木恰好是去追佳彥而已。在短短的五分鐘之後，佳彥就面臨了生死存亡的關頭，這是當時同一時間的森作夢也想不到的事。

很想恨他不去向警方自首。可是，只要設想一下十五歲少年的心理，就沒辦法一味地指責當時他的心情。如果跟警察說，自己當時和佳彥在一起，自己也有偷東西的事就會被發現了。也有想過匿名打電話去跟警方說，但是萬一被警方聽出來是「少年的聲音」，不久之後，警方也會出現在佳彥好友森的家中。佳彥被殺了，這個事情的嚴重性，絕對也是森不願開口的一個原因。他膽怯了，正因爲這是一個大案件，所以他沒辦法說；不管是誰，只要站在當時他的立場，大概也會麼想的吧。懦夫。能夠如此理直氣壯地替森定罪的人又會有多少呢？

可是——

只有一個，只有一件事情是無論如何都無法原諒的。

篠田在森的背後問道。

「你喜歡美香嗎？」

跪坐在榻榻米上，森把身體轉過來面向篠田，他屈身伏首，長長的睫毛都沾溼了。

「是的……」

他有氣無力地回答。

篠田注視著森的眉間。

「你在說謊吧。」

「……我沒有說謊。」

「我要把美香帶回來——你們離婚吧。」

森睜開了眼。

十年前……在佳彥的事情發生之後，森馬上就打電話給美香。擔心死去的同班好友的妹妹。他是這麼說的。

不對。

森是爲了打探消息才打來的。「等一下我要跟森見面」——那一天，佳彥到底有沒有跟家人這麼說呢？警察是否已經掌握了「逃跑的少年」的情報了？他可能是想用電話透過美香得知這些消息。

森一定知道美香對自己抱持著好感，他利用了美香對他淡淡的愛慕之心，把自己的溫柔當作武器，讓美香愈陷愈深。這所有的一切，都只是爲了要得到情報而已。

讓人難以原諒。

這十年來，森一直都持續地欺騙著美香，最後二個人還結婚了；可是，美香不知道，這所有一切的出發點是嚴重的背叛，她毫不知情地愛著森，一心一意地愛著。

「我眞的十分抱歉。」

森把雙手放在榻榻米上，彎腰行禮直到額頭碰到手。

「對於佳彥的事，實在無法用言語表達我的歉意，我自己也感到羞愧萬分，覺得我眞是最差勁的人了。可是……」

他的眼淚滴落在榻榻米上。

「我沒辦法離婚！我愛美香！」

「不准你這麼親密地叫她！」

篠田一把抓起他的後領。

「滾出去！不准你再接近美香！」

背後的拉門打開了。哀叫聲劃破空氣，美香飛奔進房間。

「住手！」

美香硬擠入二人之間，像是袒護森似地用手臂抱住他的肩膀，對篠田怒目而視。

「你想做什麼！」

「讓開！我要把這個不知羞恥的傢伙趕出去！」

篠田伸出去的手，被美香用力地打了一下。

「你夠了沒有！勇太又沒有做什麼！」

「他騙了妳。這傢伙根本才沒有喜歡妳咧！」

「騙人！」

「不然妳去問他。問啊！」

篠田生氣地看著美香。

「親愛的——」

美津江也跑到房間裡來。

「妳也一起聽。我都知道了，全部都是這傢伙搞的鬼，我們家族十年來所受的苦，都是因爲這傢伙保持沉默！那一天，跟佳彥在一起的就是這小子！他看到了鈴木，但是卻沒有跟警方說，因爲他怕他偷竊的事情被揭發，所以不敢說！要是他有去跟警方說，兇手早就被逮了，我們也就不用受這十年的苦了！而且這傢伙還對美香——」

「不要再說了！」

美香大叫著。

「不對！事情不是這樣子的！勇太頭也不回地逃走了，他根本就沒有看到兇手的臉！」

房間裡所有的聲音都消失了。

篠田的臉上血色盡褪。

「妳……都知道了嗎……？」

「……」

美香的肩膀隨著呼吸而起伏，眼睛充滿血絲。

「妳全都知道……？」

「……沒錯。」

「妳都知道了還跟這傢伙在一起！」

「沒錯！」

森的頭低低地垂著，二手緊抓著膝蓋，指甲都陷入肉中。

美津江的嘴巴突然驚訝地張開。她頭一次聽到這件事。

篠田深深嘆了一口氣，視線重回美香的臉上。

「什麼時候……？妳什麼時候知道的？」

「一開始。」

「什麼時候？」

「我第一次接到他的電話時。」

篠田開始暈眩起來。

從十年前……

怎麼會有這種事。

「勇太在電話裡一五一十地都說了，說他跟哥哥在一起，還有他們偷東西的事，以及有人從後面大叫所以逃走的事……勇太也是很痛苦的，對於要不要跟警方坦白，他也是萬分苦惱的。」

美香用手指擦拭流出來的淚水。

「是我，是我阻止了他。我叫他別去跟警方說比較好。因爲，勇太又沒有看到兇手的臉，要是他特地去說了，結果卻因爲偷竊而被逮捕，這樣不是很愚蠢嗎？」

篠田費了幾秒鐘，好不容易才開口。

「妳很開心嗎？」

「啊……？」

「妳哥哥才剛死而已，妳就因爲接到心儀男生的電話而暗自高興嗎？」
「對啊！不行嗎？」
美香哭著喊道。
「因爲，我最討厭哥哥了！心眼又壞，又奸詐狡猾，一直都很暴躁——爸爸，這些你都不知道吧？哥哥可是家裡的大王呢！沒有人能夠違逆他！」
「大王……？」
「你不知道嗎？」
美香像是有什麼陰謀似地笑了起來，看起來彷彿心中的某處已然崩潰。
「傳・宗・接・代——大家都因此溺愛他。奶奶也是，只會偷偷地給哥哥零用錢，所以他過沒幾天就會找機會死纏著要錢用。奶奶眞是白痴！爸爸跟媽媽也一樣，傳宗接代的兒子就那麼重要嗎？你那間破爛事務所，就那麼想要他去繼承嗎？」
篠田慌了。
對於美香所說的話，他不知道該做什麼反應才好，眞想把手伸進腦子裡翻攪一番。
「我……也只有一次想過說叫他繼承而已……」
「看吧看吧——就是因爲你們大家都這樣小心翼翼的，所以哥哥才會變成家裡的大王！勇太也是被害者，那一天他硬是強迫勇太去協助他偷東西，連才剛買的G-SHOCK都被他給搶走了——爸爸你有在聽嗎？你最好聽清楚一點！」

沒錯。

篠田無言以對。

他覺得體內的血液流速變得十分緩慢，思考停滯，感情也麻痺了。這是在逃避，一定是這樣

是覺得難過吧。我現在一定是……

美香憤怒地看著這邊，她好像在叫著什麼的樣子。

彷彿在不久之前，她才剛扶著篠田的膝蓋，搖搖晃晃地會站而已……一邊爸爸、爸爸地叫著，一邊像小雞一樣在身後追著他跑……不管哭得再怎麼傷心，只要一看到相機鏡頭，馬上就擺姿勢笑了起來……

能夠牽一輩子的手，已經不在了。

不知道是否因為佳彥的關係，所以才會又有了美香。

不……

美香早在十年前，就已經甩開篠田的手走開了。

啪，清脆的聲音響起。

那是，美津江打了美香一巴掌的聲音。

10

「六疊」榻榻米大的小房間裡很安靜。

母親正睡著。所以，軟弱的樣子、悲哀的樣子，都不會被她看到。

沉默的母親……

是否心裡始終都只有佳彥的事，一直、一直地爲他操心，並在這個房間裡不斷自責著。總覺得應該是這樣。

篠田重重地嘆了一口氣。

拉門靜靜開了，美津江進入房間內。

二個人都凝視著母親的睡臉。

「那只是，佳彥的一小部份而已。」

美津江小聲地說。

「他有很多優點，佳彥他，是個好孩子。」

「嗯。」

「美香那裡也沒問題了。她還是偶爾會回來一下。」

「嗯。」

不管他到底是怎麼樣的孩子……

美津江一動也不動。

篠田看著天空發呆。

「誒，美津江……佳彥如果還活著的話，會想繼承事務所嗎？」

接著是短暫的沉默。

「他可能會不太願意吧。」

「不願意……嗎。」

「你以前不也是這樣子的嗎？不過，你現在也已經能夠很出色地代替公公處理事情了。」

篠田的眼神落到榻榻米上。

「哪有很厲害……我連老爸的腳步都還跟不上……」

美津江悄悄握住篠田的手。

「佳彥也一樣，他要是繼承了事務所，應該也會這樣子想的吧。等到做了很長一段時間之後，才發現果然還是無法趕上爸爸。」

一股很熱的東西湧上胸口。

篠田也握住美津江的手。

美津江的話，滲入了他的心中深處。

言語，也可以拯救一個人。

老爸也這麼相信著，所以才會拼命鼓勵那些在經營上走頭無路的業主們。

篠田忽然抬起頭來。

低沉的聲音穿過他的腦海中。

〈拜託你了，小先生……〉

小松有限公司——

他看了一下枕頭旁邊的時鐘，已經快要到下一天了。

「美津江，我出去一下。」

「啊……？現在已經很晚了。」

「之前的約定我已經爽約了，不過還是有點掛心，所以去看看情況。」

美津江輕輕地點頭。

「路上小心。」

很有朝氣的聲音。

只有這隻手我絕不放開。在心中暗暗地說著，篠田放開了美津江柔軟的手。

第十八洞。

1

村長的門緊緊關著。

「六個任期二十四年……雖然也有人說我已經做太久了、也做太多了，但是如果身體還可以，其實我是想繼續做下去的。」

「我了解。」

「樫村，我只要再確認一件事就好。現在，那些關於推動村子發展的事業和開發計畫，都會再接續著進行吧？」

「這是當然的。」

「動物樂園周邊的開發計畫，無論如何都要實現。」

「是的，一定會完成的。」

「謝謝。這樣一來就沒問題了。之後只要有你在，我也可以安心退休了。」

就在這個瞬間，N縣高畠村的下一任村長已然定案。

「承蒙厚意，十分惶恐。」

樫村浩介深深鞠了躬。

「雖然我還不夠熟練，但我一定會好好繼承大屋留傳下來的村政，在我能力所及之處，爲本村的發展鞠躬盡瘁。」

大屋村長很高興地頻頻點頭。從頭到尾都在監督著「村政禪讓」的高橋副村長和有働財務長，也一臉滿意的神情。

樫村也在心中放心地呼了一口氣，將視線投向在牆邊的折疊椅上正襟危坐的津川良治，對方也回以細微的眨眼示意。他們在小學和中學時都是同班同學，在之前大屋村長的選舉時，津川一直都是青年部長，同時也在村子裡兼任消防隊長的津川，也已跟樫村說好了，在下次選舉時，他也會在「樫村選舉對策本部」裡擔任參謀的職務。

「不過啊，這還眞是讓人開心的事呢！前任村長樫村的孫子也要來當村長了。是吧，副村長。」

「嗯。終於下定決心了。畢竟他可是拋下縣政府財政課的職務，來出馬參選的呢！」

「就是啊，如果出了一個三十六歲的村長，連村公所也要年輕化了！」

在三巨頭的談笑之中，戴著銀邊眼鏡、名叫湯川的總務課長，手裡拿著厚厚的文件冊子，朝樫村走了過去。他是個非常認眞的五十歲男性。

「那麼，我先就選舉的日程向您作個說明。」

儼然已經是對村長說話的語氣了。

樫村趕緊將西裝內側口袋裡的記事本拿出來。

「麻煩你了。」

「現任村長的任期將在半年後的七月底屆滿，選舉則是在任期屆滿日的前三十日內舉行，所以在七月上旬就會發佈選舉公告。發佈之後的五天可以做競選宣傳，第六天投票。當天就開票。保證金是五十萬日圓。依照慣例，決定候選人的事前說明會是在公告發佈的一個星期前召開，事前審查則是在公告的三天前舉行。」

樫村一邊點著頭，一邊忙著趕緊抄筆記。

「另外，關於戶口名簿的事怎麼樣了呢？」

「啊？」

「沒什麼，這跟參選一點關係也沒有。只要是參加知事及市、鎮、村議員等等以外的選舉，不管是從日本哪裡來的，都可以成為候選人。只不過，選舉權的居住條件，是必須自公告發佈前三個月就住在當地，所以如果戶籍還沒有遷到村裡來的話，就沒有辦法投票給自己了。今天是二月一日，雖然時間上還很充裕，但是稍不留意就有可能會忘記，所以還是早點辦好遷移手續會比較——」

「總務課長，這種細節待會兒再說就可以了。」

大屋村長掩住驚訝的臉，高橋副村長也苦笑著說道。

「說的也是，這也不是需要如此錙銖必較的選戰。」

湯川課長有點無趣地喃喃說著「的確是」，把攤開的文件給闔上了。

這是座落於N縣北端，人口約一萬二千人的山中村落，民情上極度保守，不喜歡鬥爭。村子劃爲五個地區，其中三個是村長、副村長和財務長的出生地，只要這三個村子裡的大人物全都決定要「支持樫村」，會出現其他強勁對手的可能性根本就是零。

在村子最北端的北城山地區，這次選舉中好像要推出一位以「反對開發」爲號召的候選人，他的得票數可想而知。上一次的村長選舉中，是否要接受縣政府規劃建設的產業廢棄物處理廠成爲辯論的焦點，反對陣營的氣勢強大得令人驚訝，就連大屋陣營也一度感到陷入危機之中，但是一開票之後結果就不言而喻了，反對派只有將近一千票，大屋村長以八千多票獲得壓倒性的勝利。

大部份的高畠村民所追求的，並不是要保護山林或河川這種事，他們想要的是可以使村子區域活性化的「觀光資源」，以及可以抑止村內年輕人外流的「工作」，所以，就算土木建築業者一邊被死纏不放的暗中造謠攻擊，開發推進派的大屋還能夠藉著二十四年的長期計畫坐上村長位子，是有原因的。

對三名長老之間的對話浮現微笑，樫村的目光移到牆上。

牆壁上貼了二張北城山地區的腹地——白鷺高原的巨大輪廓地圖。

左邊那一張，通稱爲「西面」的地圖，而在前年完工，令村子自豪的產業廢棄物的最終端處理廠，也用紅色的簽字筆標明在上面。反過來說，這也眞實呈現了，沒有顯著的產業和觀光資源的高畠村所面臨到的岌岌可危的經濟問題。設置產業廢棄物設施，緊接著來的有土地污染的隱憂與卡車大量湧入等等的問題，不管是哪一個市鎮村都不想接這個案子。而這個「麻煩設施」，就硬是被高畠村招攬下來。在這個建築工程裡，除了當地的土木建築業者有利潤之外，還可以獲得從縣政府撥出的高額補助金以及「附屬設施」，以進行周邊的開發工程——像是全天候開放的射箭場，有夜間照明設備的網球場、棒球場，還有足球場，這些寫在地圖上的設施，每一個都是藉由這樣子的交易而得來的。

樫村的視線轉移到右邊的輪廓地圖上。

這裡通稱為白鷺高原的「東面」。這裡就是這次縣政府要設立「動物樂園」的地方，裡面最主要的是「親近動物廣場」，在遼闊的佔地裡，以狗和貓為主，也放養了其他像是山羊、綿羊、小型馬、兔子等等的動物，並開放給小孩進入。其他預定建造的，還有上演動物秀的舞台和觀眾席、收集動物相關書籍和錄影帶的展覽館、可以與家犬一同遊玩的DOG LAND，還有可以和寵物一起進入的飯店與餐廳等等設施。

在得知縣政府的整體事業計畫之後，大屋村長馬上就去爭取了。因為這個動物樂園也具備「麻煩設施」的潛在要素，也因此沒有其他的競爭者，招攬過程很輕鬆順利地完成。樂園的一角，會蓋一間叫做「動物管理室」的建築物，每天都會有從縣裡各處收容所的棄犬和流浪貓，用貨櫃裝起來運送到那裡，在裡面進行處理。依據縣政府的估計，每年將會有超過一萬隻的貓犬送來。

樫村的視線沒有停在「動物管理室」上。依照大屋村長的構想，是要以動物樂園為中心，在高原的東面規劃一個大型休閒中心，有好幾個休閒設施已經用虛線標示在上面了，例如配置了運動與遊戲器材的迷宮、採集昆蟲的森林、小汽車場、巨大摩天輪，還有——

樫村的視線停在「高爾夫推桿場」的圖釘上面。

「你打算什麼時候辭？」

「……」

「樫村？」

「什麼……？」

回過神來，他轉頭面向聲音的來源。大屋村長用不可思議的眼神看著他。

「你怎麼啦？居然在發呆。」

「沒什麼……抱歉，你剛才說什麼？」

「我是問你縣政府那裡的工作什麼時候要辭？」

「要等到知事審核好預算之後，我就會先跟上面說辭職的事。我考慮在年底時正式辭職。」

「你可要辭得漂亮點喔！要是被縣政府盯上，像我們這種小村子馬上就會灰飛煙滅的。」

財務長怪模怪樣地說著，讓房間裡充滿了笑聲。

樫村也笑著。

總算有實感湧上來了。辭去縣政府的工作，當上村長，可以像是一國一城之主般地盡情發號施令。當上村長之後，一定會有在公家機關工作所體驗不到的奧妙樂趣和成就感。

視線已經不在輪廓地圖上面了。

僅有的一件掛心的事情也像是已經消失了一樣。沒什麼好擔心的。只要當上了村長，輕輕鬆鬆就可以辦到。只要再把高爾夫推桿場搞定就行了。沒錯，只要在一個地方，只要把第十八號洞的果嶺移到那裡去可以了。

2

走出村公所的大門，從山上吹下來的寒風讓二人的鼻子和臉頰都在一瞬間染上了紅色。

「嗨，樫村村長！」

「笨蛋。還沒啦。」

一邊小聲地交談著，樫村坐進津川的車裡。

「成功了！」

津川的臉上漾著愉快的神情。

「我是知道村長那邊應該是ＯＫ了，但是副村長和財務長也是很有野心的人，這挺麻煩的。

哎，如果能繼續這樣順利下去就好囉！」

「這都要歸功於良治的結果，我要好好感謝你。」

樫村稍微點頭鞠躬之後，津川就一臉受不了的表情發動了車子。

「也是因爲你來找我才有這機會，我也應該要好好感謝你才是。」

「不過那也已經是四年前的事了。」

「也要等時機成熟吧。呃，阿浩，你說你要回老家去看看是嗎？」

津川一邊回轉著方向盤一邊問道。

「嗯，麻煩你了。我想看看那裡到底荒廢成什麼樣子。」

在獨居的母親過世之後已經過了七年了。有一陣子因爲要整理遺物所以還會趁休假時來，後來因爲疏遠了，這三年來，家裡的門連一次也沒有開過。

「如果要住的話，需要費相當的工夫才行唷。」

「有那麼糟嗎？」

「很糟。那根本就是一間鬼屋了。」

樫村輕輕嘆了一聲。

若是這樣的話，他就沒什麼捨不得的了。那間雖然是曾祖父花大把鈔票所蓋的房子，這陣子他想毅然決然地把那裡改建一番應該也不錯。如果蓋新房子，由紀子和孩子們一定也會很開心。

沿著縣道，可以看見用楷書字體寫著「津川建設」的大型看板，還有一幢傲視村公所建築的五層樓大樓。彷彿在嘲笑「高畠綜合工程」一樣，村子裡大半的土木建築業者都歸於津川建設的旗下，津川社長跟大屋村長之間有彼此互助的關係，現在仍然幹勁充沛地待在職場上，所以長男津川自從進入公司以來，職銜一直都只是專員。不久之後，自己的時代將要來臨，爲了做準備而出來推戴樫村，津川的心中當然也不是沒有過這樣子的念頭。

村公所的周邊雖然有名爲「街道」的裝飾，不過只要開車十五分鐘就已經離山很近了，一路上看到的民宅也稀稀落落。

「對了，阿浩，今天你要怎麼辦呢？你要去阿保那裡過夜嗎？」

「不，我今天不回去不行。」

「今天就要回去嗎？」

樫村在這一瞬間沉默了。現在，他們剛剛經過「意外現場」——

「阿浩？」

「嗯？對，我今天就要回去。」

「爲什麼啊？來喝一杯嘛！慶祝一下。」

「我也很想，可是從明天開始就要進行知事審核了。」

「你剛剛也說過了。總而言之，就是預算的攻防戰吧？」

「就是這麼回事。因爲稅收漸漸減少了，所以更顯重要。」

再怎麼不喜歡，還是回到了財政課員的立場。

跟其他地方一樣，N縣的財政也是迫在眉睫。新年度的當初預算規模只能夠有七千五百億圓的程度，而且預計會有連續四年的預算都低於前一年，是超緊縮型的財政。法人事業稅就不用說了，光是即將期滿的郵政貯金的縣民稅利息比率降低就夠令人難過的了。爲了彌補地方交付稅的不足額，還發行臨時財政對策債——也就是說，被迫在「赤字縣債」可發行的額度之內，把數量增額到極限。不用說，知事查核的焦點，當然就是算出是否有任何地方受到刪減。各部、各課之間的明爭暗鬥愈演愈烈，而且在內部指示出來之前，會持續進行預算重組，因此對於將會有一段時間要住在辦公室裡，也有了心理準備。

「如果是這麼重大的事情，那趕快在審核之前就先辭掉不就好了？」

「不可以這樣。財務長不也說了，爲了要辭得漂亮，最後的事情還是要做。要是趕在預算問題解決之前辭職的話，就會被說成是臨陣脫逃，會引起大騷動的，而且也不知道以後他們會用什麼手段來報復。」

他說這話時，有一半是認眞的。腦海裡，浮現出片桐課長那雙眼角上吊的眼睛和眉毛。自治省[1]的官員組。要是沒有那個「天敵」的存在的話，樫村一定也會和之前一樣，拒絕出馬參加村長選舉的邀請。

車子進入了南城山地區，之後過沒多久，就到了樫村家「家族」的村落。與開發唱反調的北城山地區，是比這裡的規模還要繁榮的村落。樫村他們常常輕蔑地稱呼他們爲「北方的混混」。

已經看得到老家了。遠遠的就可以看到，很多地方的瓦片都掉了，屋頂也呈波浪狀起伏。

津川降低車速。

「你要怎麼回去？」

「叫保夫來送我到車站吧！」
「阿浩，你現在完全沒有開車嗎？」
「嗯。」
「大學時不是還有開車兜風嗎？」
津川的臉朝著他，但是樫村看著前方，沒有轉頭地說：
「我不開了。在城裡沒有開車的必要。」
「在這裡不開的話，會很不方便的。」
「我會先到教練場練一練的——喔，謝謝啦，停在這裡就好了。」
樫村打開了車門之後，車內又傳出了慰留的聲音。
「你那個審核結束之後就要馬上回來喔，我會把所有人都招集起來的。」
「可是，這樣不太好吧？在表態參選之前就這樣會走漏風聲的。」
樫村一臉認眞地說這句話之後，津川笑了起來。
「阿浩，你還眞是城裡的人哪！這種事情，明天全村就無人不知啦！」

註１：自治省是國家機關之一，負責中央與地方的行政與財務事務的聯繫與調整等工作。

3

沒想到會變成這副模樣。屋子的外觀，眞的就如津川口中所說的是「鬼屋」。

從木門下鑽過，踩著庭院裡不合步伐間距的石頭前進。前面院子裡的樹全部都死了，玄關的拉門現在也已經腐朽不堪，使力硬把它拉開的話，就會發出十分刺耳的聲音。

屋子裡面的空氣開始流動了。屋內很昏暗，瀰漫著霉臭味。

玄關那裡，本來滑窗和玻璃門都有關得好好的，現在從一進門的地方到走道上，不知道是誰把大量的砂一股腦兒地全倒進來，堆積如山。雖然有點猶豫，樫村還是穿著鞋子走進屋子裡。

因爲家裡的財物都已經運出去處理掉了，所以現在屋子裡是空蕩蕩的。從以前就很粗的大黑柱，看起來像大樹一樣。

他朝大廳走去。大廳的紙門全部拉開的話，空間可以開放到三十疊榻榻米大。在過去，祖父還在當村長的時候，常有人接連不斷地進進出出，如果到了選舉的時候，這個廣大的大廳裡還會被必勝頭巾淹沒得毫無縫隙。

那個時候，屋子裡令人喘不過氣來的熱情，在胸口中復甦。對年幼的樫村來說，選舉就像是祭典一樣，是個可以跟盂蘭盆祭和新年匹敵、讓人心跳加速的活動。

樫村深深地吸了一口氣。

好像聞到了父親的味道。那是樸實的泥土的氣味。

祖父太過了不起了。父親常常需要偷看祖父的臉色，整天戰戰兢兢的，以小孩子的眼光來看，實在是太沒有魅力了。不知道是否看穿了他的能力，祖父並沒有將村長的職位傳給父親繼承。不，實際的情況是，因爲後援會裡沒有人發出推崇父親的聲音，在無計可施之下，只好指名大屋來繼位。

父親一直都默默地耕著田，直到過世；身爲嫡系的家族，卻什麼責任都沒有盡，旁系的多嘴人士則以「沒用的傢伙」爲由放棄了父親。對樫村來說，這也是一種幸運，這樣一來，即使嫡系唯一的男丁離開了村子，家族裡也不會有指責的聲音出現。

好像在做夢似的。

難道，回到這個高畠村，而且還要參加村長選舉是因爲——

對於在縣政府的日子並沒有不滿的地方，財政課的工作也很合自己的性向，在理財股待了二年以後，才得到了位於中樞的預算股的職位。一切都很順利，升職爲主任時，也比同一期錄取的早了二輪。

片桐宗雄卻把一切都搞砸了。

片桐是自治省的官員，在距今七年前，以區區二十八歲的年紀就奉派到縣政府來，一開始就坐上了環境課長的職位。雖然沒有見過面，不過畢業的大學跟樫村一樣，所以一些像是「雖然同期卻有一人的位子比較低」這一類的話也傳入了他的耳中。上任之後他馬上到樫村那裡去打招呼，樫村對這個難得會擺低姿態的官員感到非常欽佩，所以對他印象深刻。

但是，過沒多久片桐就突然變了，即使在走廊上跟樫村相遇，也裝作沒有看見他的樣子，樫村感到不可思議，也覺得不安。過了一陣子之後，一個環境課的女職員把片桐在酒席間的發言偷偷說給樫村聽，他才知道他得罪了片桐。

也不過是個不經考試就進來的主任之流，居然在自己特地跑過去打招呼時，一副傲慢的模樣，只回說「喔，請指教」——眞讓人怒火中燒。雖然樫村想要回憶當時的情況，但是記憶卻很模糊。也許眞的就像片桐所說的那樣吧？現在正值進行編列預算的當中，頭腦對除了文件的數字以外的東西好像既無興趣也沒有反應。

二年後，片桐因爲廳內的人事異動，坐上了財政課長的位子，變成了樫村的直屬上司。他當時就有覺悟了。先是踐踏地位較低的課長，之後，說是要「進修」財政，組成了一個公務員小組，其實都只是一些一般的課而已。片桐從此開始著手逼走樫村。眞的是心眼很壞的一個人，每件事情都用一些不能說是錯誤的錯誤來惡意刁難，或像是小學生似的，叫樫村站在窗戶邊，大聲地罵他無能。

就是在差不多時候，津川先開口跟他提起出馬競選村長的事，好幾個同班同學來到他的家中，把樫村給團團圍住。「村長的肝已經不太好了，他說想讓位給年輕人」、「反對在西面建造產業廢棄物處理場的反對派聲勢高漲，我們需要能夠勝選的候選人」、「如果縣政府裡的菁英能夠成爲村長的話，就能夠在縣政府與村子之間搭建起橋樑了」、「你是前任村長的孫子，你的血脈是沒有缺點的」。

數日之後，樫村打電話拒絕了津川。雖然他的心的確有因他們熱情的邀請而動搖，不過還是沒有辦法因此讓他捨棄縣政府的職務。在財政課的辦公室裡的確是如坐針氈，可是，這個情況只要再等幾年，只要能夠忍耐到片桐回到自治省，事情總是會解決的。其他的上司和同事也很同情樫村。現在這個被品性惡劣的官員欺侮的經驗，日後也可以想作是樫村的資產。將來也許可以做到課長、再順利一點的話做到副部長，他一邊盤算著將來升遷的事，一邊工作著。

但是，狀況忽然有了變化。

不管經過幾年，片桐都不會回到自治省去了。在自治省改名爲總務省之後，他一點要回到中央的樣子也沒有。他要在N縣裡終老一生。聽到片桐這麼向知事申請的傳聞，是去年夏天的事了。一切都不會改變。像他這樣放棄在中央升遷的期望，傾心於地方的生活，決心以此爲第二故鄉，永久住在發派地區的官員十分罕見。不過，對樫村來說，這絕對不是一段佳話美談。官員留在當地不走，簡直就是在宣告他會是將來的知事；就算沒有想爬到那麼高，可以確定的是，至少也會做到副知事的位子。如果眞的變成這樣了，從現在開始的二十五年，樫村在縣政府的人生全部都會在片桐的掌控之中。「喔，請指教」。只不過是一句無意識的話，就只爲了這麼一句話。

所以，這次又來邀請他出馬參選時，他很高興。

「下次的選舉裡，東面的開發將會成爲爭論的焦點。不過，我們一定會贏的。算我拜託你，出來參選吧！」津川極力說服，想不到樫村當場就點頭答應了。

當然，雖然在困難時遇到救星，還是沒有辦法說走就走。他還有家室。由紀子會答應嗎？

還有二個就讀小學的兒子，勢必要轉學到村子裡的學校，而與現在的同學分開。樫村對此相當苦惱。

想辭去縣政府的工作，參加村長選舉。樫村第一次明瞭自己心中的想法時，由紀子也很認眞拒絕。他花了不少時間去說服她，徹夜不眠地跟她說了好幾次。由紀子是從比高畠村還要小的貧寒村莊裡的農家出身的，她說她並不討厭鄉下的生活，在談過一次又一次之後，也才吐露說，對於在N市的生活感到十分拘束困窘，這裡不是鄉村也不是都會，是個身體一方面浸淫在「地方」的環境中，卻用「東京」的頭腦耍些小聰明的人種。被都會的外表和鄉村的本心之間交流頻繁的人們愚弄時，心理上也覺得輸他們一截。

兒子們的態度也很出乎他的意料之外，他只是隱約委婉地透露出要遷居到村子裡去而已，二個都表示贊成。他們討厭現在這所學校，就算朋友要重新認識也沒有關係。樫村感到不知所措。在此之前他們過著相當壓抑的生活，這一點，在樫村看到思緒馳騁於新天地的兒子們眼中所發出的光輝時，才終於瞭解。

樫村去拜訪津川，跟津川說他會出馬競選，並開出了條件，就是絕對要勝選。這也是由紀子對樫村開出的唯一條件。都辭去縣政府的工作了，萬一又選舉失利的話，從第二天開始連生活都成了問題。津川用拳頭搥胸脯，保證一定會當選，交給他們就好了——

津川的話不是騙人的。今天，在村長室就證明了一切。

當初的預算大約四十二億日圓——

這與樫村在縣政府裡處理的預算規模相比，只算是一點點錢而已。但是，跟以往不同的是，這不僅是變更文件上的數字而已，現在所操控的是有實際影響的金錢，擔負的是共同體的領導責任。等樫村就任爲村長，片桐也許會假藉縣政府的威能，開始「欺侮村子」，不過，樫村已經不是他的部下了，現在開始是地方抬頭的時代，藉由國家和縣政府的權限下放，一步步地前進。話雖如此，但要是片桐把野心放在知事這大位的話，應該也不會想跟市鎮村的首長過不去吧。

沒問題的。就去做吧。一定要讓樫村成爲能夠與縣政府交涉的「厲害村長」。

想起了讓身體緊繃的回憶。

樫村抬頭看著粗大的樑柱交錯的天花板。

還保有對這間房子的記憶。彷彿現在還聽得見祖父時代的喧鬧聲。

樫村回頭。

好像眞的有聽到聲音。

他很快地發現了聲音的來源。雖然對方可能以爲他躲得很好，但是肥胖的身體還是從柱子的陰影後面露出來了。

「阿保，看到你囉！」

像以前一樣說了之後，害羞的臉就緩緩地現身了。

那是表弟樫村保夫。他是往北距離這裡約五十公尺的旁支家族裡的次男，雖然他只比樫村小二歲，今年三十四歲，但保夫的心地還是很單純，跟小學時候的他幾乎沒什麼改變。身體的動作和頭的轉動都很緩慢。

「……你回來，阿浩。」

「嗯，我回來了。」

「……還要再離家出走嗎？」

「沒有啦，今天不用了。」

樫村笑著回答。

在快要上中學的時候，因為被祖父嚴厲的斥責，所以樫村當時曾經決定要離家出走，保夫也跟著一起去，二個人無精打采地一直走著，直到白鷺高原的山道上灑滿了夕陽的光輝。

「叔父和叔母都還健在嗎？」

「……嗯，都還在。」

「我希望你能夠開車載我到車站那裡去。願意幫我這個忙嗎？」

「……嗯，好啊。」

保夫似乎很開心地看著樫村的臉好一會兒。樫村轉身背向他，朝著玄關走去，忽然停下腳步，稍微回頭看。臉上盡是得意的神情。

一定要告訴他。樫村調整著自己的心情。

「……我跟你說啊，有摩托車啊，從山上下來了喔。」

「嗯，我聽過好幾次了。」

樫村回答著，勉強地露出笑容。

那已經是十四年前的事了，已經被所有人都遺忘了的「神秘失蹤事件」，現在只存在保夫記憶裡的一個角落。那個時候，能被派出所的巡查問話大概是一件很令保夫開心的事，所以保夫逢人就說他是「目擊者」。

但是巡查並不相信保夫所說的話。那天晚上，依據記錄是下著豪雨，摩托車這種的根本不能行走。不，他們根本就不指望保夫的證詞，他們一定從一開始就瞧不起他。

這對樫村來說倒是很幸運的一件事，因爲保夫的證詞，的確是當時實際發生的事，只不過那個不是摩托車。從山上下來的，是車頭燈壞了一邊的自用小轎車——

保夫慢慢地走出房子，朝自己家的方向走去，樫村也走到外面去，鎖了門之後，他本來想要去追保夫，但是卻停下了腳步。

他轉頭面向著倉庫。

像是被什麼吸引了般地朝那裡走過去，拉開了拉門。

有了。在一堆散亂的舊農具後面，只看得到柄的部份。

是鐮子。

剎那之間，記憶的殼裂開了一個縫隙。

雨水激烈地打在脖子上。

千萬不要。

不可以下來。

心中暗暗地念著，專心一意挖著洞。

閃電劃破黑暗的天空，一瞬間照亮了倒在地上的女子臉上的表情。

都是爲了妳——

握著冰冷的手腕，把纖細的身體給拖過來，最後踢了一腳，讓她掉進洞裡。

揮動著鐵鏟，將土覆蓋在上面，從臉部開始。

雨水一下子就把蓋上的土沖掉了，他看到像紙一樣白的臉孔又浮現出來。

拼命地把土再鏟進去。

臉消失了。

胸部、腹部、腳也一一蓋住了。接著是右手、左手——

動了。

手指似乎抽動了一下。

還活著嗎……？

是錯覺嗎？

還是她眞的還活著？

自己的心跳，像秒針一樣隨時間流逝。

雷聲轟然作響。

埋好了。

把所有的土都鏟上去，女子已經完全被埋起來了。

4

三月的最後一天，樫村辭去了縣政府的職務。

之後的忙碌不在話下。首先是要開始著手翻修房屋。對於改建的計畫，想都不用想，由紀子當然是反對。這屋子很漂亮，不要再重建了，我想住在這裡。她這麼說著，兒子們也贊成，所以大改建的計畫就中斷了。

一千八百萬。當他看到津川給他的估價單時，還以爲自己看錯了，不過聽說通常會打個七折，且這裡再過不久，就是高畠村的村長宅邸了，勢必會有很多訪客前來，樫村自己也明白這點，所以不能讓這房子繼續這麼寒酸下去，他只好把全部的存款都提出來，再向當地的銀行貸款。

光是在村子裡走一遭跟所有的人打招呼，一雙鞋就報銷了。對之前一直都過著與數字爲伍的生活的樫村來說，每天都要保持笑容來待人接物，這比他想像中的還要讓人身心疲憊。在空閒時間裡還要到汽車教練場去。等到開車的手感回來了之後，就去買一台小型的自用車。那台車看起來一點都不氣派，不過這是津川建議他買的。

選舉對策會議每天都舉行，連週末都不放過。

從決定工作人員的人選開始，還有選擇競選辦公室的地點、討論選舉的政見與廣告標語、建構辦公室和宣傳車上面的看板、拍攝海報用的照片等等，非做不可的事情一個一個地接踵而來。

選舉的夏季飛奔而來，地方報紙以「大屋村長的繼承人」這個標題，刊載了樫村的名字。北城山地區的候選人，名字叫青柳進，以「環繞著開發是非的一對一競爭」進行大肆宣傳。也有的報導上寫著「城山地區的南北對決」。彷彿被報導給煽動了，村裡的選舉熱潮突然高漲了起來。

裝修工程結束之後的樫村家，三十疊榻榻米大的大廳也回復到往日的生氣。

「喂——宣傳班！因爲『樫村』的漢字太難寫了，所以登記的時候會用假名，快去通知印刷廠先不要做！」

「好了好了，大家聽這裡！已經正式決定了，公告發佈的日期是七月二十三日，開票日是在二十八日星期日！」

「辦公室組合屋那裡，現在說電燈不會亮，哪個人有空過去那裡看一下！」

津川的工作態度眞的很出色，長年以來，他也只有擔任過大屋村長在選舉時的青年部長而已，看著他那種像是白老鼠一樣忙碌的模樣，與其說他是參謀，反而更讓人和街上的「雜貨店」或是「便利商店」連想在一起。

發佈公告的前一週——

選舉對策本部的幹部都到樫村家的書房裡集合。與其說是幹部，其實大家都是中小學時候的同學——津川、押田、鎌倉，以及坐在正中央的樫村。

津川爽朗地開啓了話題。

「一切都進行得很順利。眞想趕快開始選舉！」

「北城山地區那裡怎麼樣了？他們在推派候選人的時候好像引發了不少糾紛，最後還是決定由青柳出來吧？」

體態渾圓的鎌倉問道。他的綽號名符其實就叫做「大佛」，他主動要求擔任樫村的秘書。

「嗯，已經決定了。他們那裡除了那個禿頭的大叔之外都沒膽啦！我看，今年他們頂多也只會有一千票了吧！」

另一個叫做青柳進的候選人，是個四十二歲的旅館老板，是革新系的後補，從選舉前就一直高聲喊著「反對動物樂園誘捕動物」。也許是爲了表明他的決心吧，他的選舉辦公室，似乎是搭建在通過白鷺高原的村道入口。

「村議會那部份呢？」

這次問的是押田，他擔任的是選舉時常駐在辦公室裡的公關經理。因爲眼鏡的鏡片異常厚，從某些角度看過去，眼睛好像有二倍大。

「十四人中，有八個人是站在我們這裡的，二個人支持青柳，其他四個人目前態度保留。」

樫村小聲地「咦」了一聲，看著津川。

「態度保留？這是什麼意思啊？良治。」

「啊啊，嗯，這有點難以啓齒……」

「但說無妨。怎麼了？」

津川噘了嘴。

「他們說不想支持非本地人。」

「我是非本地人？這是說笑吧？」

「還有啊，他們還說了像是，這不是曾經拋棄村子的人嗎，諸如此類的話。」

眞是令人討厭的話。

上個月，還把村議會十四人的家都拜訪了一遍，除了支持青柳的那二個人之外，大家都很好意，約好了一定會支持樫村。

「不用擔心啦，阿浩。這個影響不會很大的。」

「眞的嗎……？」

「當然！唔，不過今天晚上還是要再去試著說服他們看看。」

很輕鬆地說著，津川站了起來。

「那麼，我要出去一下。」

「去哪？」

「去村公所。昨天我不是說過了？下午一點開始有推派預定候選人的事前說明會，縣政府的選務管理和警察、郵局局長之類的人也都會過來，要說一些像是文件要準備齊全、不要違反公務人員選舉法之類的小細節。」

津川出去之後，由紀子走進房間，她手上的大托盤裡放了四個盛裝咖哩飯的盤子。

「咦，津川先生，你不吃飯嗎？」

「不好意思，下次再吃。」

由紀子微笑著目送津川離去後，親切地把咖哩飯的盤子遞給押田和鎌倉。自從搬過來之後，由紀子開朗得像是換了個人似的。孩子們也一樣，雖然可能還是會覺得父母太囉唆所以有些事瞞著他們，不過每天都不讀書，在山間河邊玩到天色暗了才回家。

說到這時候的樫村，雖然是因爲一時熱衷才突然跑過來，但來到這裡之後，也開始感受到周遭樂觀的氣氛。照情況來說，應該是可以有壓倒性的勝利，不過，還是沒什麼實際的感覺。投票的人，眞能夠寫出「樫村浩介」嗎[2]？對於那七千、八千人，也沒有眞的認眞跟他們說過什麼話。這些籠統的不安感，有一個被具體化了。村議會裡面那四個應該要支持他的人，現在持保留態度。這件事，眞的能夠簡單地斷言說不是什麼大不了的事嗎……？

註2：日本的選舉在投票時，選民要在選票上寫出要選的候選人名字，漢字或假名皆可。

下午，對當地的報社送來的意見調查，三人仔細地思索出最佳回答。非得把「推動開發」的正當理由整理成一篇短文才行。

津川回來時，已經過了下午五點鐘了。

「如何？」

不由得開口詢問津川。因爲在津川臉上看不到從容的笑容。

津川呆立著，說道。

「好像還有一個人要參選。」

三人面面相覷。表情最僵硬的就是樫村了。

「誰要出來選？」

說話的聲音也變尖了。

津川噗通地坐了下來，表情很複雜。

「詳細情形還不清楚。」

「怎麼可能會不清楚？良治，你不是說我要出馬競選的事情，只要一天就會傳遍村子了嗎？」

「所以我也很震驚啊！還想說怎麼可能。」

「喂，你難道心裡一點譜都沒有嗎？」

「不，我想有可能是奧山的姊夫。會出來選的人，除了他以外應該沒有了。不過出席說明會的是助理，所以我也還不敢斷定。」

樫村像是被人打了一巴掌似的。

「奧山那傢伙，背叛我們了嗎？」

用粗暴的聲音說這句話的是鎌倉。

奧山道也——也是他們的同學之一。仔細想想，自從開始準備選舉之後，連一次都沒有看到過他。其他的同學，如果沒有加入成爲工作人員的話，要嘛也會送東西來慰勞一下，要嘛是說等到開始選舉時一定會跑來支援的。

「良治，這件事情，你眞的都不知道嗎？你不是一直都跟奧山很好？」

面對押田的反詰，津川發起火來。

「我根本就沒有跟奧山見過面！」

「可是啊——」

「等等，押田。」

樫村介入他們的對話。要出來參選的又不是奧山，是他的姊夫。

「奧山的姊夫是個怎麼樣的人？」

「是個牙醫。」

回答的是鎌倉。

樫村的身子不由得震了一震。牙醫。才不過聽了這個而已，就覺得似乎是個強敵。

「大約五年前在車站裡面開了一間診所，阿浩你應該也知道他吧？喏，就是那二個學長裡面，游泳社的柏木啊！那傢伙跟奧山的姐姐結婚了。」

他在回想。雖然不確定長相，不過他的全名倒是記得很清楚。

柏木光助——

名字的後二個字跟樫村的名字唸法一樣，所以當時覺得很有親切感。不過，沒錯，現在他如果插手進來參選的話，同樣讀音的名字……

押田看出了樫村滿心的不安。

「眞糟糕，如果選票上寫的不是姓氏，而是只用假名寫了後面的名字的話，那些選票就得按比例要分成二份來計算了。這樣寫的人還滿多的，老人通常都只寫後面的名字。」

鎌倉也「啊」了一聲。

「就算寫的是姓氏也一樣！因爲是樫村（kashimura）和柏木（kashiwagi），萬一『kashi』後面的字寫得不清不楚無法判別的話，也會被平分的！」

樫村急促的呼吸著，朝津川那裡望去。

「他眞的會參選嗎？」

「我就說我不知道了嘛！不過，在上一次選舉的時候，也有傳聞說他好像要出來選，但是沒有人推派他，最後，只是他自己『愛出鋒頭』而已。」

「不說這個了。良治。」

樫村說話速度變快了。

「柏木是贊成開發案的嗎?還是反對?」

這是一個問題。如果柏木也是贊成推動開發派的話，就不應該來把票分散掉。他出來只是把樫村的票給吃掉而已。

「我去問看看。」

津川站了起來，視線落在樫村身上。

「沒問題的，阿浩。我們這裡還有村子裡的三大長老呢!」

他的話聽起來並不是很輕鬆。

「可是，後站那裡就是上郡地區吧，那裡不是副村長的地盤嗎?」

「……嗯。」

「村議會呢?那四個說什麼態度保留的人，該不會是要往柏木那裡靠攏吧?」

「……我不知道。」

樫村十分焦急。

「良治——你，跟我約定過了喔!你說一定會讓我贏這場選舉的!」

「不可能會輸的吧!」

津川有點生氣似地說。

「我承認的確是消息不夠靈通，可是，絕不會輸!我們一定會勝選的!阿浩，相信我!」

5

那天晚上，樫村無法成眠。

剛剛津川打電話來了，要出馬參選的果然是柏木光助。「柏木是推動開發派的」、「參選的理由，是因爲他說他不想把村子交給一個空降部隊」、「他已經取得之前說的村議會那四個人的支持了」、「好像爲了不讓村長破壞他的參選，所以一直都是秘密進行的樣子」，津川以沒有音調起伏的聲音說著。

糟糕的想法全部都變成眞的了。

推動開發派的票會被分散，而且這次他不只是「愛出鋒頭」，後面有村議會的四個人在挺他。搞不好連副村長都暗地裡在支援他也不一定。而且，對方還是牙醫，只要有被他看診過一次，那些人不管是基於道義還是恩情，應該都會投他一票。

非本地人。曾經拋棄村子的人。空降部隊——

不管哪個詞都讓胸口感到疼痛。

要是開始選舉了，這樣子的惡毒說法就會在村中到處散播。聽到這些的居民會怎麼想？會不會對樫村抱持厭惡感呢？多給他們灌輸幾次、洗腦了之後，沒錯，那個拋棄了村子的外地人，絕對不可以把票投給他……

樫村翻了個身。

他不斷地在頭腦中比較村議會的支持人數。對方有四人；我這裡有八人，是二倍，不可能會輸的。可是，萬一——

不管怎麼樣，想法都會偏到那邊去。

不可以輸。青柳有在經營旅館，柏木是牙醫，他們就算落選了也不痛不癢。可是，樫村不一樣，他已經辭掉縣政府的工作了，而且存款也都提出來，還向銀行貸了款。要是選舉失利，就什麼都沒了。

不只如此。

不是只有這樣而已。

第十八洞……

這次選舉裡，東面的開發將是爭論的焦點。一開始從津川那裡聽到這件事時，心裡就開始起伏不定，馬上跟他要了一張開發計畫的詳細地圖。「那一天」的事情還很記憶鮮明。從以前用來燒製木炭的小屋那裡開始，大約十公尺處往左進入灌木林裡，就是當年埋了那個女孩的地方，他也才知道，那裡剛好「命中」做爲高爾夫推桿場的第十八號洞。

她的屍骨會被挖出來。樫村害怕得縮成一團，但是，這個恐懼在樫村決定出馬參選村長時就煙消雲散了。如果選上了的話，就可以利用村長的權限，把果嶺的預定地移到別的地方。萬一輸了的話，到時候當上村長的也會是「反對開發派」，興建高爾夫推桿場的計畫當然也就蕩然無存了。不管是哪一邊，他推判都不可能會去挖到那個地方。

但是，如果是由推動開發派的柏木當上村長的話——

樫村閉上眼睛，張著嘴巴。

那是大學四年級的夏天。

很久沒有回鄉了。因爲第二天就是同學會，前一天晚上打算在老家住一晚，於是開車從東京出發。進入村子裡時天色已經完全暗下來了，也下起了雨，偶爾還會有土石滑落下來，即使如此他還是沒有把速度給放慢下來。他那時很不知天高地厚，對於開車這件事，就是沒來由地充滿自信。

開在通往老家的縣道上時，車頭燈前面突然出現一個女子蒼白的臉。當他才想著危險的時候，引擎蓋已經把小花圖案的洋裝給拋了起來。他慌張地下了車上前查看，女子睜著眼睛一動也不動。

是酒井久惠——

她小樫村四歲，當時才十八歲。她甲苯中毒。是個不管跟誰都可以上床的女人，中學時就有這樣子的傳聞流傳著。

樫村已經內定成爲知名公司的職員了。不，等到這些具體的想法出現在頭腦中，已經是把全身濕透了的久惠的身體塞進後車廂之後的事了。爲求自保，赤裸的本性完全支配了樫村的行動。

車子右側的車頭燈和方向燈的燈罩都破了。在被雨打濕的地面上，他把碎片都撥在一起。沒有看到其他人。最近的民宅離這裡也有三十公尺。

發動車子前進，在老家前面下了車，悄悄地進入倉庫裡拿了鐵鏟。

沿著縣道北上，穿過北城山地區，在「白鷺高原方向」的路標處右轉進入村道，大約開了二公里的山路之後，前面有一個被稱爲「雙子岩」的巨大岩石。把車停在它的陰影下藏著，背起久惠往山裡走去。他知道大約走五分鐘的獸道，就會看到以前用來燒製木炭的小屋。撥開灌木叢走進去，挖了一個洞，把久惠埋起來。伴隨著雷聲，雨像發狂似地下著。

開車下了山路，悄悄地把鐵鏟放回老家的倉庫裡，用很猛烈的速度到村子後面去。他已經決定，一回到東京之後馬上就把車子報廢掉。晚上剛過十一點時，他跨越了N縣跟F縣的縣界，從那裡打公用電話跟母親連絡。「突然有打工的工作插進來，今天晚上沒辦法回去了」。也打了通電話給同學會的幹事，說明天沒有辦法過去了。那個幹事，就是奧山道也——

樫村撐起上半身，在棉被上盤腿坐。

同班的奧山……他的姊夫已經決定要出馬競選了。簡直就是要在樫村措手不及的情況下把他給吃了一般。

眞是奇怪的事。

不能夠把村子交給一個空降部隊。這眞的是他要出來參選的理由嗎？柏木也說要推動開發。總而言之，在政策上他跟樫村的立場是一樣的。

空降部隊……眞是尖酸的說法，可以感覺到他的惡意。這是向樫村宣戰，或者是要妨礙選舉，他只能想到這方面。

奧山跟他姊夫這次出來參選有關係嗎？樫村的疑心和憂慮大部份都集中在這一點上。

小學時代，他跟奧山同班，感情很好，彼此之間會互借漫畫，去採集昆蟲或是田螺的時候，也是二個人一起去。到了中學時二人往來的機會減少，因爲跟自己社團裡的朋友一起活動的機會增加了。奧山在籃球社，跟津川比較要好；選擇桌球社的樫村則是跟押田和鎌倉在一起。雖然是這樣，但是他跟奧山之間的友情絕對沒有破裂，進入高中之後，如果碰到面了也還會閒聊一下；開始工作之後是有比較疏遠了，可是，像是對彼此懷抱惡意之類的事情是不會存在於他們之間的。

不過，如果奧山他，懷疑酒井久惠的失蹤跟樫村有關連的話。

不能參加明天的同學會了。也許電話不是在過了十一點之後打的。雖然說話的時候強裝鎮定，但是聲音和說話的語氣也可能在奧山心裡留下了奇怪的印象；或者是，有可能是在豪雨下得正大的時候從電話亭裡打電話，讓他對於這種不尋常的動作起了疑心。而且就在同一天，久惠消失了。奧山如果把這二件奇怪的事情放在一起想的話。

不能讓樫村當上村長。奧山一定這麼想，所以雖然是同班同學，他卻連一次都沒有到樫村這裡來露過臉，不僅如此，還在連津川都察覺不到的暗地裡行動，煽動「愛出鋒頭」的姊夫，堅定他參選的意向，目的就是要讓樫村落選——

想太多了嗎？

後來聽說的是，久惠的失蹤並沒有引起太大的騷動。派出所的巡查雖然有做一些動作，不過好像沒有使用像是「意外」或是「案件」之類的詞彙。最後，整件事被以「神秘失蹤」作結，不過這是因爲顧慮到久惠雙親的關係，其實大部分的地方人士都彼此竊竊私語地說「八成是跟男人跑了吧」。不管怎麼樣，她就是那種只要對方跟她說幾句話，就會隨隨便便上人家車的那種女孩，就像是現在所謂的小型離家出走，到東京去住在男人的家裡頭順便晃晃，這種事也時有所聞。

雖然有保夫的目擊證詞，但是巡查的焦點都沒有放在白鷺高原上面過。那天晚上，保夫在縣道旁邊的沼澤裡找小龍蝦，就看到了從村道下來的「摩托車」。在下大雨的夜裡，可以抓到很多小龍蝦——一些沒有同情心的人這樣跟他說，於是他就跑去翻攪沼澤的底部。

想太多了。一定是這樣沒錯。

那次事件發生後已經過了十四年了。就算奧山對那天晚上的電話起了疑心，但是經過十四年漫長的歲月，要對一件事持續地抱持懷疑的態度也是很難的。車子已經報廢掉了，因爲本來就是老式的舊車了，所以業者並沒有覺得奇怪。沒有警方在監視他的感覺。村裡的人也都沒有想要去找過久惠。

只不過，對了……

有一支原子筆不見了，他一直很在意這件事。

等到他發現筆不見時，已經是事件發生數天後的事了。他臉色發青。從東京出發時，他有注意到筆還插在胸前的口袋，但他找遍了出租公寓的每個角落都找不到。他想應該是掉在撞倒久惠的現場了。不，也有可能是掉在通往燒製木炭小屋的獸道上，或者是在埋久惠的洞裡面也說不一定。忘了它吧！他硬是對自己說著。也有可能是掉在大學的教室裡，或者是在上學途中掉的，也有可能從一開始，那一天胸前就沒有插著那一支筆。

那是混合了二種顏色的墨水，可以寫出很複雜顏色的新產品，是在池袋的百貨公司買的。那個時候，他認爲村裡的文具店應該還沒有賣那種東西。

奧山在意外的現場撿到——

如此想著，否決，又開始想著。

他已經認清了，這一生中，都不可能從那起意外的束縛中解脫。他沒有去已經內定成爲職員的那間東京的公司，而是到N縣政府尋求工作，要在離村子不遠也不近的地方，屛住氣息繼續觀察事件的「後續發展」。

聽到細微的睡眠呼吸聲。是由紀子。

樫村躺在被子上，渾身汗流浹背。

非贏不可。

只要贏得這場選戰，酒井久惠就能夠繼續在東面的地下長眠。

6

七月二十三日。發佈公告的早晨來臨了。

這是只有五天的短期決戰。樫村浩介、柏木光助、青柳進，將進行高畠村睽違二十四年的三方混戰選舉戰。人口一萬二千二百六十八人，登記在選舉人名冊上的有九千九百七十八人，過去在選舉時投票率從未低於百分之九十六，也就是說，有超過九千票可以讓三人競爭。

早上七點，樫村在高畠神社祈求必勝之後，到位在高畠車站附近的選舉辦公室裡，出席選戰前的集會儀式。現場滿溢著熱情，有村議員、同學、辦公室的工作人員、女播音員、津川建設的職員，以及大批動員參加的老人們。

樫村站上講台。他在頭上綁了必勝的布條，戴上白手套，並在身上掛了用毛筆寫了「樫村浩介」的布條。

「大家早安！我是參加高畠村村長選舉的候選人，樫村浩介！」

說話的聲音大聲到連自己都吃了一驚。所有人都熱烈地鼓掌。有好幾百雙眼睛都在看著這邊，有個像是記者的人發出閃光燈。

樫村緊握著麥克風，忘我地說著。

「要建立全縣第一的強大村落！培育出全國最有魅力的村子！竭盡全力推動開發動物樂園與其他周邊設施，確保大幅度的人力雇用，致力於山村地區的活性化！現年三十六歲，請把村政的掌舵責任委交給這個年輕的樫村！」

首次發言結束後，樫村馬上就搭上了選舉宣傳車，擔任秘書的鎌倉在後面跟著上去。首日的拜票活動開始了。在車子往前開出的時候，女播音員尖細的聲音也開始從擴音器裡傳出來。

「樫村──樫村──樫村浩介在此拜託。懇請支持這次高畠村村長候選人樫村。」

樫村從窗戶探出上半身，對車站前通勤的乘客大大地揮舞著雙手。

「我是樫村！拜託拜託，懇請惠賜一票！」

雙手還在揮舞著，他把臉轉向鎌倉。

「良治呢？」

「他去偵查柏木那邊的狀況。」

把臉轉回外面，硬是擠出笑容。

「我是樫村！我會努力的！啊，謝謝，謝謝您的支持！」

車子繞行車站一周之後就從縣道離開。中午前的拜票活動，預計要在樫村地盤的南城山地區，以及聚集了反對開發派的北城山地區舉行。

在樫村的住宅附近，聚集了很多家族旁系的人和地區的幹事，熱鬧喧騰地迎接選舉車的到來。女播音員的聲音也因爲熱情而上揚。

「感謝大家的支持！高畠村村長候選人，樫村浩介，在此向生養長大的南城山地區各位鄉親問好！」

車子沿著縣道北上，行走十分鐘之後路上幾乎沒什麼人了。過不久，就要進入「敵陣」北城山地區，不過，那個泡沫候選人青柳的事，樫村根本沒放在心上。他用手機打給津川，他想要盡快知道柏木陣營的情況。

「良治，怎麼樣了？」

〈嗯……人數也滿多的。〉

聽得不是很清楚，看樣子的確是聚集了相當數目的群眾的樣子。

「他的首次發言說了些什麼？」

〈不能容許空降部隊。他果然是要靠這個作戰。〉

血液都衝到頭部。

「搞什麼東西啊！算了，只有這樣嗎？那我也來如法炮製，有沒有柏木的弱點？」

〈你冷靜一點，阿浩，選戰才剛開始而已。〉

「你別說得這麼悠哉，我們只有五天而已唷！」

〈這我知道。〉

「對了，我們這裡選戰前的集會儀式裡啊，村議員只來了七位而已，吉田沒有出現。那個臉頰凹陷的老傢伙，該不會是到你那裡去了吧？」

〈細節部分我回到辦公室再跟你說。先不說這個了，一定要把臉伸到車外面去，大大揮動雙手喔——萬事拜託了。〉

津川把電話給切斷了。

樫村嘸著嘴看著車窗外。

突然嚇了一跳，左手邊就是寬闊的沼澤。是那天晚上，保夫在找小龍蝦的沼澤。

視線一瞬間有點模糊，不過，馬上又能確實對焦了。在沼澤附近的空地上，可以看到青柳的選舉辦公室。

在這種杳無人煙的地方設立選舉辦公室，實在是有點怪異，總而言之，他應該不是爲了要打贏選戰，「反對開發」的訴求才是他的目的，也就是說他不是在搞選舉，是在進行反對運動。應該是這樣子的。

回歸現實的頭腦又再次失去了思考能力，因爲他看到了路上寫著「白鷺高原方向」的路標。

在沼澤的風中，似乎可以聽到有聲音乘風而來。

我跟你說喔，有摩托車啊，從山上下來了唷——

突然有想嘔吐的感覺。

在那一瞬間，酒井久惠蒼白的臉閃過視網膜前。

他擅作主張地叫道。

「大佛，快點回轉！」

鎌倉的眼睛睜得老大。

「爲什麼？前面還有村落耶。」

「反正他們都是青柳的信徒，一票都不會投給我們的。」

「照你這樣說還有什麼搞頭？選舉不就是要把對手的票給搶過來嘛！」

「管它的！照我說的去做！」

「可是，要是不照著行程表上安排的走——」

「喂！現在要選的人可是我耶！」

焦躁的聲音不經大腦地脫口而出。鎌倉的臉色一變，女播音員的聲音也中斷了。

選舉車就在前面不遠的空地上回轉。

鎌倉鬧脾氣地看著窗外。樫村才無所謂，他已經暗下決心，絕不再踏入北城山地區一步。

選舉車下了山，途中聽到下方有女播音員的聲音傳來。

「柏木——柏木——柏木在此拜託大家。」

連句話都來不及說，對方的選舉車就映入眼簾，柏木光助從窗戶探出身子來揮舞著手臂。不過，樫村的目光並沒停在柏木身上，而是坐在副駕駛座的那個男子。不會錯，他就是奧山道也。

四目交接。感受到的是冷漠的視線。

憤怒與不安交錯心中。推戴柏木出來選的果然是奧山——樫村直覺如此，緊緊地握著拳頭。

「願樫村候選人奮鬥不懈。」

車身交錯的時候，對方的女播音員傳達了聲援的話過來。這邊的女播音員也馬上湊到麥克風前面。

「願柏木候選人——」

「混帳！」

樫村氣憤地大叫。

「那傢伙是敵人耶！」

女播音員嚇得不敢動。她是津川建設的一名二十歲的事務員。她的眼框噙著淚水看著樫村。

鎌倉進來打圓場。

「阿浩，這是禮貌啊，雙方車子交會時總要講一下。」

樫村沒有答話。他怎麼也無法將自己那股狂暴又激動的情緒克制下來。

7

選舉車上的氣氛變得很低迷。

中午回到選舉辦公室之後，在正中央的桌子那裡，津川和保夫正有說有笑地坐著。

「哈哈哈！眞不適合你哪！阿保！」

樫村走路的聲音漸漸接近。

看到身上披掛布條的樫村，保夫的臉上出現了光彩。

「……阿浩，你這樣眞帥氣！」

不理他，樫村逕自坐在津川旁邊的折疊椅上。

「良治，快告訴我。」

「說什麼？」

「什麼說什麼？當然是那邊的狀況啊！還有吉田怎麼了？」

「喔……」

津川的眼神飄開了。

「吉田在柏木那裡。」

「搞什麼………？」

也就是說，本來是八對四。現在變成七對五的局面了。

津川拍了一下樫村的肩膀。

「我們現在也要開始反擊了，不用太擔心。」

「你根本什麼都沒在做嘛！」

「啊？」

「不是淨說些廢話嗎？跟保夫一起！」

突然被叫到名字，保夫嚇了一跳，縮了縮脖子。

樫村斜眼看著津川。

怎麼會有這種混帳事情，本來應該是要輕鬆勝選的啊！村子的三巨頭跟大部份的村議員都站在這一邊，應該是要以堅不可破的姿態出現的！結果，掀開來一看，村議員裡就有四個人跑到柏木那裡去，今天連吉田也背叛了。「七對五」，勢均力敵的數字。為什麼這麼簡單就瓦解了？津川怎麼還能這麼冷靜？

「吉田手上握有的選票只是九牛一毛，沒有影響啦。」

津川的聲音空洞地響起。

「不要那麼戰戰兢兢的嘛，阿浩。別擔心，穩贏的。」

說謊！

這麼想著的剎那間，頭腦裡也劇烈地搖著。

謊……

不會吧。

眼前津川的臉，跟剛才在選舉車副駕駛座裡的奧山的臉在腦中重疊。

對了，他們二個都是籃球社的，感情很好。

他馬上就把要開始大肆作亂的疑心病給壓制下來。津川不可能會是敵人。要是連選舉參謀都信不過的話，還要相信誰才好？只要有一點點懷疑就玩完了，這場選舉就肯定會輸的。

頭腦冷靜下來，不過，樫村的胸口還是塡滿了憤怒的情緒。

「良治——吉田是上郡地區的村議員對吧？」

「嗯。」

「柏木也是從上郡地區那裡出來參選吧。你去跟高橋副村長說，要是他再給我這樣偷懶的話就試試看，只要我一當選，馬上就會把副村長給換掉！」

津川的表情變得僵硬。

「阿、阿浩……」

「我是認眞的！因爲我可是把工作和錢和所有的一切都賭上來，要背水一戰的！」

「我了解。」

「你才不了解！你們也要有必死的決心！別忘了，推派我出來選的是可是你們喔！」

「所以啊——」

「柏木和青柳他們要是輸了都還過得下去，良治，你們這些人不也是一樣的嗎！」

辦公室裡變得很安靜。

津川垂下了肩膀，幾度用蘊含感情的眼神看著樫村；鎌倉發白的臉轉到一邊去；坐在靠裡面的桌旁的押田抬頭看著天花板，透過他厚重的鏡片，可以看到他的眼珠子像壺蘆一樣歪斜。三名來播音的女孩們肩挨著肩靠在一起，用膽怯的眼神看著樫村。

即使如此，樫村也不罷休。

「我不一樣！要是這次選舉輸了，我連個可以回去的地方都沒了！你們這些人，是存心要讓我們一家流落街頭嗎？」

傳來茶杯破裂的聲音。

是從後面休息室的門前面傳來的。由紀子一直臉色鐵青地站在那裡。

8

五天的選舉宣傳戰在轉眼間就到了最後。

村議員裡又有一人背叛了，樫村跟柏木二方陣營現在的村議員數是「六對六」，簡直是不相上下。不管是遊說、街頭演講、還是辦小聚會，樫村從早到晚都在村子裡東奔西跑，爲了尋求村民的支持，連聲音都啞了。他累了，但也心急如焚，而且，這之中還疑神疑鬼的。

他沒辦法趕走心中對津川的不信任感。不僅如此，這個感覺還日益膨脹，直侵腦部而來。

這只是個小村子，身爲選舉參謀的津川，竟然無法察知對手的動向，這種說法實在無法讓人苟同。而且，出來參選的柏木光助，還是跟津川很要好的奧山的姊夫。如果說津川跟奧山是同夥的話，一切就說得通了。搞不好是認爲酒井久惠的失蹤跟樫村有關，會不會他們二人這麼懷疑著，爲了追查眞相才這麼做。

津川說的那句話，到現在還是耿耿於懷。

大學的時候不是都有開車出去兜風嗎——

在村長室舉行「村政禪讓」的那一天，在開車前往樫村老家時津川這麼說過。以前很喜歡車子的樫村，現在爲什麼會不開車了，他一定從很久以前就覺得很不可思議。另一方面，奥山則是對於樫村那天打的電話一直抱著疑問。這二個疑點若是相遇了，就會浮現出一個故事：樫村在久惠失蹤當晚打了一通奇怪的電話，而且之後完全都不開車了，也就是說，樫村開車把久惠給撞死了，然後把屍體藏在某個地方——

如果想像的線延伸到這種地步的話，保夫的證詞也可以當做是謎團的一部份，拿來放進這個故事裡——因爲撞到了久惠，樫村的車上有一邊的車頭燈壞掉了，所以保夫才會誤認爲是摩托車。

樫村的車子是從山上下來的，所以久惠的屍體一定是被埋在白鷺高原的某個地方。津川和奥山會如此推斷。可是，這些都還只是狀況證據，所以二人就想到要讓樫村「自白」。於是就在四年前的那次參選邀請了他，津川強調在「西面」的建設計畫中，興建的那一座產業廢棄物處理場的承諾與否將會是選舉的爭論焦點，並以此來窺探他的反應。由於那次被樫村回絕了，他們二人就在想，所以屍體不是埋在「西面」，而是埋在「東面」——

確認的機會來了。這次選舉的重點，就在於是否要進行「東面」的開發上面。樫村接受了邀請。雖然會想出來參選的動機是因爲片桐財政課長的緣故，不過不知情的二人，只想著將會得到他的自白而暗自竊喜。不，等到樫村自己當上村長之後，他也會把第十八洞給弄掉，所以最後結果可能還是會照他們所想的自己供出來也不一定。

希望這一切都只是荒唐的妄想而已。樫村繼續如此祈求著。

放棄了縣政府的職務，出來參與競選，落選的話自己就會被逼入破滅的絕境。津川和奧山爲什麼要用這麼殘酷的手段？

因爲開車魯莽所以才撞到酒井久惠，沒有叫救護車，在豪雨之中，把她埋入冰冷的土裡。好像還看到手指在動，也許當時她還活著。他做了殘酷的事，到死之前這個罪業都不會消滅；就算是死了，也只能在無窮無盡的血海地獄裡面滿地亂爬吧。不過——

爲什麼津川和奧山要這樣懲罰樫村呢？

難道他們跟酒井久惠的交情很深厚嗎？那種隨便跟男人睡覺的女人，津川和奧山跟她會是那種關係嗎？是因爲感情嗎？如果不是的話，那是爲什麼？還是對於捨棄村子的人懷抱著扭曲的想法？還是說這是「村子的恩怨」？

眞想一笑置之。

中學的時候，津川跟奧山的確感情很好，不過，那之後又如何呢，津川說他一直都沒有碰到奧山。沒有發現柏木也有出馬的這件事，這對於習慣了選舉的津川來說，也是有可能會疏忽的。利用選舉來進行復仇？眞是荒唐無稽，就算想得到這種規模龐大的老土圈套，但應該沒有人會眞正去實行。

可是，沒辦法一笑置之。樫村還是疑心重重，從這個疑心裡衍生出來的妄想，是沒完沒了的。

「樫村——樫村——樫村浩介最後一次拜託各位鄉親！一定會努力的！樫村的努力將由您來做見證！請各位用您的力量，讓樫村浩介做一個眞正的男子漢！」

在選舉最後一天的傍晚，樫村從選舉車上的窗戶大大地探出上半身，不斷揮舞著雙手。

「我是樫村——！請惠賜一票！」

已經喊不出聲音來了，不管怎麼叫都聽不出來是什麼字，壞掉的喉嚨裡只有粗暴的呼吸往返。

晚上七點，匆匆忙忙地回到選舉辦公室。

在組合屋式的辦公室周圍開始聚集人潮。從七點半開始就要召開總誓師大會。「乘上勝利之馬」。爲了撼動柏木陣營的支持者，把大批的村民都集結到這裡來，在八點選舉攻防戰就快要結束之前，氣勢就大幅上升了。

樫村下了選舉車，快步走向辦公室。只有他一人而已，鎌倉已經辭去秘書一職了。我沒想到你居然是這種人。就算被這麼說了，也沒有任何感覺。明明是昨天才聽到的台詞，怎麼覺得好像很久以前就聽過似的。

一進入辦公室，一瞬間，空氣好像都變得緊張了起來。全體工作人員的目光都看向這裡，沒有人說「您回來了」，也沒有人說「您辛苦了」。

只有一個人，就是正在吃著拉麵的保夫，用很開心的表情說。

「……阿浩，你回來啦！」

樫村沒有回應。他的視線被攤開在桌上的地方報社發的晚報上面的頭條給吸引了過去。

「樫村優勢，柏木猛追」

血液突然逆流上來。

「押田！」

大聲喊了一下，一個緊張的臉就湊了過來，不安的感覺擴散在眼鏡後面的瞳孔中。

「什麼事？」

「爲什麼讓他們寫這種報導？」

「什麼報導？」

樫村倏地轉身過去，身上的布條被人拉了拉。

是保夫，他正微笑著。

「……阿浩，你好帥氣喔！」

「吵死了！」

被大吼的保夫，嚇了一跳，嚥了一口氣。

「你很礙眼耶！給我出去！」

保夫的表情眼看著就要變哭臉了，他低頭看著樫村好一會兒，才慢慢地轉身朝出口走去。

「這樣做不好吧，阿浩。」

說話的押田也快要哭出來的樣子。

「別管他。比起這種事，這篇報導是怎樣！喂，押田，哪邊佔優勢？是不是一半一半？」
「良治跟記者說了，說我們比較有利。」
「快打那傢伙的手機！」
「我在這。」
背後有聲音傳來。津川好像才剛進入辦公室而已。
「你在生什麼氣？」
樫村用手掌拍了拍那張報紙。
「有沒有優勢這種事先不要寫吧！明天應該也會有人不去投票。」
「我應該說過了吧？這是作戰計畫。都到這個地步了，會洞察先機的人才會是勝利的一方。
而且，實際上也會是我們贏，不會錯的。」
樫村直盯著津川的眼睛。這是他在看著人家的臉時的習慣動作。看不出來有在說謊的樣子，不過，還是不太能夠相信。
「估計得票數是多少？」
「我們四千五百票，柏木三千五百票，青柳一千左右。」
說話的口吻很輕鬆。
「不要隨口敷衍我。」
「敷衍……？我不值得相信嗎？」

「怎麼可能要我相信你！」

津川的眉間皺了起來。

「你說那話是什麼意思？」

「你心知肚明。」

「我不知道。你給我說清楚。」

「你啊——」

跟奧山是一夥的吧——

正要出口的話又吞了回去。

我們四千五百票，柏木三千五百票。很想相信這句話。很想依靠他。這個人如果真的是站在這一邊的話，樫村就會勝選了，明天開始的生活也不會陷入困頓，也可以從酒井久惠的事情被發現的恐懼中逃開了。

樫村直勾勾地看著津川，幾秒之後開口說。

「我可以信任你嗎？」

津川瞬間呆了一呆，凝視著樫村，他正要開口時，懷中的手機響了起來。

樫村心中感到不安。

點了幾次頭之後，津川把手機掛了，臉上脹得通紅。

「怎麼了？良治。」

「我要出去一下。」

「去哪？」

「櫻木台。柏木那裡好像有年輕人丟了個炸彈出來。」

「炸彈？」

「現金啦！一人一萬！」

樫村感到不寒而慄，趕忙慌張地對津川說。

「要通知警察！」

「我會的，不過我要先去看看。」

「我也要去！」

「別說傻話！你要撇下總誓師大會不管嗎？」

津川朝出口過去，背後有聲音飛傳過來。

「等等——你等一下！」

「什麼事？」

「……」

「什麼事啦！我不快點到現場去的話就逮不到人了！」

自己知道嘴唇在顫抖，這個顫抖的嘴唇把話都給切散了。

「我們給二萬。」

所有工作人員的視線都不約而同地看向樫村。
樫村跑到津川跟前，抓住他的手，低下了頭。
「良治，可以借我錢嗎？」
「阿浩……」
「拜託你。我現在身無分文，存款也沒了，全部都已經投入到房屋裝修跟選舉裡面去了。」
「……」
「所以我拜託你，這是我這輩子唯一的請求，把錢借我吧！」
冷冷的目光射向樫村。
「……認眞的嗎？」
「爲了勝選。」
「你竟然想用這種方式去贏！」
這時候，想法又變得扭曲了。
「……果然沒錯。」
「果然？」
「你啊，存心要讓我落選！」
「落選……？」
那一瞬間，在津川的眼裡浮現出憐憫的眼神。他粗魯地揮了一下袖子，甩開樫村的手，匆忙從出口離去。

不甚靈光的腳步在後面追著。

「你這混蛋！站住！」

飛奔出辦公室的樫村，怔怔地站在原地，令人目眩的聚光燈投射在他身上。是總誓師大會。

好幾百雙眼睛跟必勝頭巾都轉向這裡。

還沒意識過來時，他已經開始數了。

數頭巾的數目。數選票的數目。

某人發出了信號，大家就開始歡呼。

「耶、耶、噢——！耶、耶、噢——！」

直立式麥克風出現在眼前。

頭腦裡是一片空白。

不知道究竟應該要說些什麼才好。

我想贏。口中如此喃喃地說著。

樫村雙膝一跪，兩手覆在地上，額頭頂到舞台的地板。

「拜託、拜託，請惠賜我一票……」

樫村一直維持著跪在地上的姿勢，迎接選舉宣傳戰結束的晚上八點鐘。

9

投票日是陰天。

樫村整晚沒睡到早上，對來叫他起床的由紀子怒罵道。

「妳這個沒用的東西！」

沒能辦到湯川總務課長的忠告。因爲忘記把戶口遷到村子裡來，所以樫村和由紀子沒有收到選票。在這個節骨眼上，「樫村浩介」就已經少了二票了。

「我不是叫妳要去把手續辦好的嗎！」

「對不起……因爲最近實在太忙了……」

「道歉就能解決了嗎！妳這個白癡！難不成妳連到今天了都還不知道嗎？」

「我上個星期就有注意到了……」

「上星期？那爲什麼那個時候不說！」

由紀子垂著頭。

「因爲那時候也爲時已晚了，所以我想要是告訴你的話，你一定會大發雷霆……我很害怕嘛。你從選戰一開始就變得跟平常很不一樣。」

「這是當然的！我可是抱著非生即死的決心在奮戰！」

怒氣一發不可收拾。不安的感覺脹得更大了。只要差個一票、二票，就有可能會輸。只要一想像這個畫面，就變得坐立難安。

早餐也沒吃就開車出門去了。他悄悄到十個投票所去看，不管是哪一間投票所，在通往投票所的路上，二旁都站了很多目光銳利的男子，監視著前來投票的村民，以沉默增加他們的壓力。

一定要投給我們說好了的候選人喔。不管怎樣都不可以背叛喔——

樫村愈來愈無法冷靜下來。這些監視的男子，有多少是我們的，又有多少是柏木那邊的呢？

開著車子到選舉辦公室去。

裡面現在還很閒散。最裡面的桌子，只有押田一個人孤零零地在那邊。

「其他人呢？」

樫村用嚴厲的語氣說道，押田皺起了眉頭。

「還沒來啦，大家都去投票了。」

「這樣啊……」

「喂，阿浩，你有沒有看到阿保？」

「保夫怎麼了嗎？」

「他每次都是最早來的，可是今天還沒有看到他。」

「我不知道啦。先別說那個了，投票所外面的那些人裡面，也有我們的人嗎？」

「有啊。」

「沒看到熟面孔耶？」

「應該是你沒記住人家的臉吧？」
「啊……？」
押田一直盯著樫村看。
「阿浩，你還好嗎？」
「怎麼了？」
「你的臉好誇張，都浮腫起來了，眼睛也紅紅的。」
「沒事啦……」
雖不記得自己有睡著，但卻有做過夢的記憶。那幾乎是個惡夢。原子筆掉在純白的雪上，正要去撿時，就隨著雪一起消失了，然後，紅色、黃色、黑色的墨水牢牢地黏在手掌上的夢……
「要不要在裡面好好休息一下？反正開票是在晚上。」
跟話語相反的，鏡片下瞳眸深處一點溫柔與親切感都沒有。
冷颼颼的風咻地吹進心中。
「押田，你不去嗎？」
「去哪？」
「投票啊。」
「當然要去。等有人來再說。」
要投給誰啊？他差點脫口而出。

「我睡一下。」

樫村推開裡面的門，進入密談用的小房間。他想要解下領帶，但是卻沒辦法好好地解開，他就這樣倒在沙發床上面，以手爲枕躺著看天花板。

一點想睡的感覺都沒有。

一瞬間，身體好像有點下沉感，他睜開眼一看，厚厚的鏡片往下看著樫村。身體被搖晃著。

「幹嘛？」

「現在起來比較好。」

「起來……？」

「已經八點了。」

八點……？看了一下牆上的時鐘，頭腦慢慢地開始活動。

八點……晚上八點……投票結束的時間！

樫村馬上坐起來。

「混蛋！爲什麼不早一點叫我起來！」

押田咬著嘴唇，把頭撇過去。

樫村顯得驚慌失措，有種想去抱住押田的衝動。

「抱歉……對不起。」

「……沒關係。」

「是我不好，請原諒我。」

「我說沒關係了。對了，關於投票率啊。」

瞬間身體又緊張了起來。

「啊，啊啊，快告訴我，是多少？」

「百分之九十一．二。就快要開始開票了，現在，所有的投票箱都運到村公所去了。正式宣佈是在十點左右，在那之前，會有二次發表途中開票結果。」

樫村整理好之後就站了起來，押田則慌忙地制止他。

「不行不行！候選人如果出現在選舉辦公室裡很奇怪啦！等到確認當選了，大家拍手歡迎時再出來就好了。」

確認當選時……

好像被施了魔法似的。沒錯，就快要決定了，再過二個小時之後，勝敗就確定了。

「現在我去帶你的太太過來，我想馬上就會回來了。那麼，你就先待在這裡喔。」

他叫住了正要出去的押田。

「中途開票數如果有發表的話，你要馬上告訴我喔！」

「了解。」

門關上了。

目光落在手錶上面。八點二十分……

之後的時間很漫長，不管看了幾次時鐘，時針都沒有前進，他不禁懷疑是否已經壞掉了。

喉嚨好乾，好想喝水，可是，這裡沒有水龍頭。樫村四下看了看房間。好窄。呼吸好困難。

爲什麼非得要一個人待在這種地方不可。

由紀子沒有出現。津川也沒有露臉。

好安靜。

開票情況怎麼樣了呢？

贏了嗎？誰快來告訴我，我勝選了嗎？

九點三分。房間的門開了，押田探頭進來看。

「已經發佈第一次的結果了。」

心跳一口氣加速。

「然後？」

「嗯，有輸一點點。」

視線歪斜了。他彷彿看見了地獄。

「一千對一千二百票。不過先別擔心，因爲聽說現在開的是上郡地區的票。」

沒有回答。身體微微地顫抖。

「還有啊，你太太說身體有點不舒服所以不過來了。」

押田的臉上有些鬱悶。

不過來了……這樣子啊……

隨便她吧。憤怒勝於一切。如果說她不來的話，也算不上是爲人妻的了。

樫村好不容易擠出一點聲音。

「幫我叫良治來。」

「了解。」

過了五分鐘、十分鐘，津川都沒有出現。

怎麼了……？

爲什麼不來見我？

是想要勒索我嗎？

津川果然是敵人。

算了，這種事情先不要管了。

票，選票怎麼樣了？

手指抓著膝蓋。

我想贏！我想贏！我想贏……

選輸了的話，一切都完了。

是這樣嗎？我輸了嗎？所以誰都不想來看我了嗎？

彷彿要斬斷身體一般的孤獨感襲來。

幫幫我。口中呼喊著。

已經到了忍耐的界限。樫村站了起來，膝蓋喀啦喀啦地顫抖著。他拉開門的時候，恰好津川正要推開門。有聲音從津川的身後飛進來。

「第二次的結果發表了！樫村二千五百！柏木三千！」

票數的差距拉開了。

津川的眼睛在笑。樫村看到了。

你果然是奧山的同夥，我被陷害了——

頭腦裡面有某個東西斷裂了。

他突然衝向津川，接著衝過辦公室，飛奔到外面去，坐上車子，把貼在車窗上的押田給甩掉之後匆忙地出發。

出了縣道，像是踢東西一般地把油門用力踩下去。

朝北方走，進入南城山地區，從自己家的倉庫裡拿出了鐵鏟，再繼續北上，疾速開往北城山地區。在「白鷺高原方向」的路標那裡右轉進入村道，用猛烈的速度衝上斜坡。

屍體，那具酒井久惠的屍體，一定要想個辦法才行。

道路愈來愈窄。離「第十八洞」愈來愈近——

到了。聲音在頭腦中響起。

數秒的空白之後，樫村緊急煞車。

熄了引擎，燈也關掉了。黑暗。寂靜。自己的心跳……

頭腦靜靜地開始活動。

混亂和錯綜複雜的迷霧逐漸散去，記憶彷彿從長久的夢境中醒來。

口中唸唸有詞。

若這就是津川他們的目標。逼樫村走投無路，直到他帶他們來埋藏屍體的地方——

樫村慢慢地回頭，透過後面的車窗凝視著後方。

沒有燈。也沒有聲音。

不過，不可以大意。要盡早回去。

樫村發動引擎，開動車子。

道路很窄。如果不開到「雙子岩」那裡去的話沒辦法掉頭回轉。不行，停在那裡是很危險的，這樣一來通往燒製木炭小屋的獸道就會被發現了。對了，前面不遠的地方有個會車處，那邊就可以回轉了。

經過了雙子岩，再走不到一分鐘就到了會車處了。拼命地轉著方向盤，調整了幾次角度，終於改變了車子的方向。他踩了油門，車速增快了。就在這個時候，手機響了。

聲音大到心臟幾乎要痛了起來。

是誰……？爲什麼……？

顫抖的手指探索著胸前的口袋，把手機拿到耳邊。

〈阿浩！當選了！〉

津川的聲音拍打著耳膜。

〈四千六百多票！比我預測的還多了一百多票喔！〉

當選……

〈恭喜！成功了！〉

「啊……」

〈你現在在哪裡？快點回來啦！大家都在等你！〉

妄想的世界崩裂飛散了。津川是站在這一邊的。

而且，贏了。勝選了！

樫村當選村長了！

「謝謝！良治！謝──」

咦。

有東西從雙子岩那裡飛出來。

踩煞車已經來不及了。伴隨著劇烈的撞擊，黑影躍上引擎蓋。

停下了車子，周圍又復歸寧靜。液晶畫面破裂的手機掉在腳邊。

樫村走下車子。有個男子倒在路邊。

是保夫。他連一動也不動，睜開著的雙眼望向虛無的遠方。

樫村抬頭看著天空。對了……這裡，就是以前他們二人一起離家出走時走過的路。昨天，被樫村吼了之後，就沒有再到選舉辦公室，所以保夫他……

看了車子。

絕望感麻痺了大腦。

右邊的車頭燈壞了。

咀嚼著命運的諷刺。緊急煞車的聲音和撞擊的聲音，一定已經透過手機傳到津川耳裡了吧。開著只剩一邊車頭燈的車子回到辦公室，再告訴他們在山路上撞到人的話，這次一定會有人注意到，十四年前，保夫證詞的意義。

我告訴你喔，從山上啊，有摩托車下來了唷——

他看著倒臥在路邊的保夫。

車上還放著鑰子。

樫村朝車子走過去。

〈阿浩，你好帥氣喔……〉

好想埋起來。

好想把自己的整個人生，都埋在很深的洞裡面。

失眠。

1

山室隆哉打工的最後一天，正也是他的四十五歲生日。

「來，給你。」

粗魯地說道，棕髮的研究生把臨床實驗用的藥交給他。用糯米紙包裹著麵粉似的藥劑，放在口中時，像個可以含很久的糖果一般的大小。

每一次都是這樣。從吞下藥之前開始，就覺得呼吸急促。山室把杯子裡的水一飲而盡，讓藥劑從食道滑落到胃袋裡去，也將些微的不安一同吞下肚。他完全不知道藥劑的成份，這是爲了不讓受試者心中產生先入爲主的想法，在第一次吃藥的時候就這麼聽說了。

到了晚上十點半，二人進入檢查室裡面的「防護室」裡去，那是一間可以遮蔽聲音和電磁波的特別房間，大約只有一坪半左右，在這個非常狹小的空間裡，放了一張單人床，枕頭旁邊的牆壁上，裝配有連接到檢查室電纜的起始插座。

山室躺在那張床上，從背下面傳來的堅硬觸感，讓他的心情鬱悶不堪。

研究所的學生在枕頭那裡動來動去，用熟稔的手法，在山室的頭部把測定腦波用的電極安裝上去。二個人都沒有講話。雖然在這半個月裡，他們已經見了十次面，但是卻連彼此的姓名都不曉得。第一次見面的時候，這個研究所的學生就是這種眼神。那位年紀不小的歐吉桑，要不要來做深夜的打工啊。透過他的眼神，似乎可以看到他這種輕蔑的心態。

把電極都安裝好之後，研究所的學生就去架設鏡頭朝向床鋪的攝影機。這個也弄好了之後，接著只剩下把房間裡的電燈給關掉，就一切就緒了。製藥公司和R醫學大學合作，一起進行「與睡眠障礙相關的病態生理學方面的研究與治療藥物的開發」，山室的工作就是睡覺，在這張床上，從晚上十一點開始睡到第二天早上七點，並將腦波的資料提供給他們。在過去的九次實驗裡，不難想像有多少不同的藥劑已經實驗在山室的身上。曾經有過熟睡得令人驚訝的夜晚，但是，也曾經一夜無法闔眼。

「啊，我忘了一件事。等我一下。」

輕描淡寫地講完之後，研究所的學生就走出了房間。

雖然延遲了實驗的進行，不過山室的心裡，已經漸漸有些睡意。在接受實驗的時候，在沒有打工的日子裡，睡眠的規律已遭破壞，白天時常常在站起身時會暈眩，或是會有偏頭痛，只有吃了藥才能入睡。雖然好像很輕鬆，但是對進入中年的山室的身心來說，也許也造成了某種程度的損害。

可以的話，希望今天晚上可以有普通的睡眠。這個可能性並不是沒有，為了要比較對照測出來的數據，受試者的「普通睡眠」數據也是不可或缺的。在第一次受試時他就注意到了。搞不好，在糯米紙裡面包著的並不是藥劑，而是跟外觀一樣，只是麵粉或其他的東西而已。為了希望觀察得沒有錯，在這最後的時刻，也是可能會要再測量一次「普通的睡眠」的數據的。

「久等了。」

回到房間裡的研究所學生，手上拿著二個近似正立方體的黑色箱子，毫不遲疑地把它們放在山室的耳朵二側。那是一對揚聲器，像是可以跟迷你音響接在一起用東西。山室用眼角在視線的一隅瞄到了那個揚聲器，因爲他的頭上裝了二十一個電極，沒辦法做出大動作。

「你想做什麼？」

忍不住問了一下，研究所學生冷漠的聲音從上面傳來。

「放一些聲音給你聽。」

「聲音……？什麼聲音？」

「一些噪音之類的。」

背脊打了一個寒顫。這個最糟糕的情況背離了他的期待。

「是說，不打算讓我睡覺嗎？」

「睡得著的話，你就睡沒關係啊。」

說話的語氣，彷彿這是一件有趣的事。

當他意識開始模糊時，也了解到這次實驗的目的了。總而言之，今天晚上所吃的那個藥，就是藥效相當強勁的睡眠導入劑。接下來就是到早上的戰爭了，不知道是藥會贏，還是那個噪音會勝。

「還眞的是人體實驗呢。」

山室語帶指責地說了之後，研究所學生抿著嘴笑了起來。

「那，你不做了嗎？」

山室看著研究生的臉。

隱含著惡作劇似的眼眸回望著他。

「這已經是最後了，請好好加油喔！因爲，光只是睡覺而已，一次就可以得到一萬日圓，像這麼好康的打工，可是打著燈籠也找不到的呢！」

房間裡的燈光暗下來了。棕色的頭髮從視線裡消失，也把防護室的門給關上。

山室想像著自己被電極給撕裂、從房間飛奔出去的樣子。一聽到這個打工是一晚一萬日圓時，自己的確是飛撲過來，但是跟這些連一萬日圓都沒自己賺過，都靠父母供養、安穩過著學生生活的人談到錢的話題時，總是不免會覺得生氣。

只要一點點就可以了，試著運用你的想像力。他很想這麼說。不可能單只爲了需要玩樂用的錢，就到這裡來吧。大學畢業之後，在汽車經銷商那裡工作，二十三年來，一直都是認眞、不顧一切地拼命當個業務推銷員，在公司的資歷還甚至比當年進入公司的年紀還多。也有了家庭，自宅的貸款還要還十五年，不過還是希望二個兒子務必都要能讀大學。但是卻——

裁員。

山室硬逼著自己停止思考。

研究生在隔壁看著的腦波儀上，自己波動的腦波全都忠實地在上面被記錄下來，他剛剛才想到這點，也許實際上沒有這回事吧，不過他認爲，憤怒和懊悔與羞恥等等混雜在一起的銳利的情緒，很容易就可以讓腦波變得混亂。

睡吧。快點入睡吧。山室緊緊地閉上眼睛。就在這個時候，耳邊的揚聲器傳出驚人的聲音。

沙沙沙沙沙——

山室差點就要從床上跳起來。如果要比喻的話，那大概就像砂石車把大量的砂石給鋪撒在路面上時的聲音。

山室的呼吸變得雜亂，心臟也跳得很快。鼓膜在接受衝擊的同時，突然被暗算了的想法也讓他開始感到十分不安。

再怎麼說這個也……

才這麼想著不久，第二波雜音又從外耳道灌進來。

沙沙沙沙沙——

他除了「拷問」之外想不到別種類似的情況。

寂靜和噪音交互襲來，在他留意之後，發現寂靜的時間非常不規則，有時才大約十秒左右，有時甚至超過一分鐘。因爲無法預測，也對於何時會有噪音從揚聲器裡出來而感到恐懼。山室已有了徹夜不眠的覺悟了，在這種狀況之下哪有睡得著的道理。

不……

睡魔強烈地吸引著他，這個又爲山室帶來新的恐懼。這個藥比想像中還要強上許多，到底自己吞下的是什麼藥啊？

思考漸漸變得遲鈍麻木。

在迷迷糊糊的時候鼓膜又被敲打，就算瞬間睡著了，惱人的聲音很快又會響起，把意識拉回現實。他已經搞不清楚，藥和噪音，到底哪邊站上風了。

意識變得分散。不知不覺間，山室開始覺得自己是在螞蟻地獄裡，處在研磨缽似的巨大洞穴的底部，每當他想要拼命往上爬時，突如其來的，大量的砂子就會伴隨著巨大的聲響從上面落下來，把他帶回不知道有什麼東西在等著他的洞穴底部。繼續往上爬，又再度掉下來。這個折磨永無止境。

在夢境與現實的夾縫中，山室不斷發出慘叫。

2

今晚也睡不著，走出屋外。

山室一個人到河床的步道上去散步。到了凌晨三點，在豐田大橋的對面拓展開來的R市市中心也隱沒在黑夜之中，大樓頂上閃爍著的小小紅色燈光映入眼簾，讓人感到悲哀。

一直到剛剛，都窩在被子裡，聽著法子睡覺的呼吸聲。在他感到喉嚨乾渴而起床時，在廚房和從二樓下來的徹碰到了面。高中已進入第二學期，他最近好像都爲了考試而讀書到清晨。徹安靜地關上冰箱的門，沒有正視山室的眼睛說道。

「不要太勉強自己了。我也沒有那麼想去。」

這不是需要孩子操心的事——不知道山室的話是否有觸到徹的心。

山室在步道的終點往右轉，面向著豐田大橋。每一邊都各有三線車道，兩側也都鋪設了較高的地磚步道。冰涼的風撫過他的臉頰，告知他河川的存在。

走上橋面的步道，刻意靠著車道行走。他不想看到河。他並沒有想去死，一來是他沒有這個膽量；二來是把家人留著，只有自己一人從現實逃走，這種事他做不出來，他如此沉痛地想著。但是……

在凝視河川的時候，自己的心彷彿被一股不可抗拒的強大力量所操控，促使他跨過欄杆。他開始想，其實就這麼死去的人，在世界上也大有人在不是嗎。就算是自殺，也能領到全額吧？剛才在廚房聽到徹所說的話時，最先在他腦中浮現出來的就是壽險契約的內容。

健康狀況到了谷底。恐怕這也是助長他悲觀想法的原因之一。在那天的最終實驗之後，山室對於日夜的生理時鐘已經完全被破壞殆盡了，晚上一點都睡不著，白天昏昏沉沉的時間變長了，不過就算想躺下來睡也無法進入深層睡眠。除此之外，像是要從頭的根部開始擴展出去的頭痛也讓山室苦惱萬分。那就像是頭蓋骨裡持續有類似火山的微動一般、令人毛骨悚然的活動，偶爾會帶出耳鳴或是暈眩，毫不留情地敲打著神經。然後，沒錯，就是好像把砂粒都倒在路上的噪音，即使完全沒有預兆，還是彷彿可以清楚準確地擊中腦的中心。

不管服用市面上的哪一種藥物，都無法改善情況。眞是諷刺，爲了睡眠障礙的研究而擔任實驗品的山室，現在也變成了難以入眠的失眠症患者。就算去找醫生診療，也只會被嘲諷說是他自討苦吃，所以他總是提不起勁過去。

穿越豐田大橋的山室減緩了腳步，他似乎有一點點的猶豫，視線也落在前方不遠處的大樓上面。

P汽車銷售總公司的大樓——

一樓的展示廳裡，所排列的都是剛剛才新進的新車。雖然室內的燈光沒有點亮，不過也兼作爲夜燈之用的綠色地板燈也隱約將車子的輪廓呈現出來。

山室走近建築物，用手去觸摸展示廳的玻璃。

不知道賣得好不好。

昨天和前天都這麼想著。雖然說是因爲公司的關係所以被趕出來的，但是對於新型車種的銷售狀況還是不由得會在意。

山室抬頭看著融入黑暗中的大樓。總和計算的話，他待在總公司的工作時數比在其他的營業所還要長。所以，這棟高聳的大樓也格外地令人依戀。

進入公司之後，馬上就參加業績競賽，並且得到了金牌獎。然後爲了坐在櫃台的法子而緊張不已。因爲有功於成立西部營業所，晉昇爲代理課長，凱旋進入總公司。所有愉快的回憶，都滿滿地裝載在這棟總公司的大樓裡面，山室人生的足跡都遍佈在這棟大樓之內。

然而卻……

他知道公司的業績開始惡化，大規模的整頓重組將要斷然施行的傳聞也傳入他的耳中。但是，他連做夢也沒有想到，他的名字竟然會出現在重組裁員的名單之列。

公司的做法太殘酷了。

春天的人事異動中，山室被命令派往子公司R中古車販賣公司去，職銜是北部汽車中心的所長。提出每月銷售目標的時候，總公司都以「再設定得更高一點」爲由，不斷要求他重寫，最後負擔了無論如何都不可能達成的銷售定額，一不能達成，不到一個月，北部汽車中心就決定要被關閉了。假藉整理剩餘事務的名義，其實是要他在事務所的建築物拆除工程裡幫忙。一切都結束之後，又受到總公司的招叫，並由人事部長那裡勸他辭職，說是要爲汽車中心的關閉負起責任，叫他勇於辭職。

到了這個地步，他才發現他從一開始就被設計了。從調派到子公司去的命令發佈時，「挑選」就已經結束了。

不是很想去拜託那個拍經營階層馬屁的御用工會，山室跑到營業總部部長森田那邊去。在他剛進公司的時候，森田是他的直屬上司，什麼都會幫他。

森田說，你就哭吧。爲了救P汽車的六百名員工，即使要讓八十名員工哭泣，也是在所難免的。他含著淚這麼說道。

只能點頭認同。他已經覺悟了，就算是鬧得再大也是沒有用的，沒有人會保護他。山室如果不辭職，也會有其他不知道是誰必須要辭職，這樣在死後會有報應。不想爲長年以來所服務的公司添麻煩的心情也開始萌發，他於是向人事部提出辭呈與轉職支援制度的申請書。這是距今約二個月前的事。

不過，還是無法讓人信服，也無法理解。同期進去的伙伴們的臉在頭腦裡來回的穿梭，湯澤、谷津、林田……自己跟他們比起來，是有什麼地方比較糟糕嗎？他們所屬的總務部、經理室，和客戶諮詢室很重要，難道營業部就很輕鬆嗎？

這個問題的答案，在離職之後不到半年就知道了。他在家裡標記報紙上的求才欄時，看到了一則求才廣告。P汽車公司用一個大版面來徵求營業員，「經驗者待優。不過年齡要在三十歲以下」——

山室一人份的薪水，可以僱用二名未經耗損的年輕員工，公司的計畫，是要用年輕的職員來讓組織更生並延長壽命。

不，果然還是這個樣子的嗎？

Ｐ汽車的業績的確是往右下方延伸，不過，是否真的走投無路到必須要開除八十個人的地步，這卻是一個大疑問。現在想想，公司也許只是利用時代的趨勢，經濟泡沫化、不景氣、裁員，有的時候，趁機搭上這些詞彙的順風車，馬上就能斷然地把營業部沾染上派系的老員工給「拔掉」。

山室垂著頭，把手從展示廳的玻璃上移開。

落在人行道上的視線前方有一個紅磚牆建築物，不知道是否以前被車撞過，被行道樹圍起來的一部份毀壞了，有二個破掉的紅磚塊碎片掉在人行道上。昨天和前天也都有看到這個紅磚塊。

今天也一樣，太陽穴的疼痛急速增加。

山室的目光重新回到展示廳。要想像玻璃成粉狀碎裂四散果然是一件很難的事。

回去吧。

山室嘆了一口氣，轉身往回走。從這裡到山室所居住的住宅區要花上四十分鐘。趁著早起的老人們還沒開始到公園打太極拳之前回家。

就在他快步從便利商店前面通過，剛好走到豐田大橋旁邊的時候，從身後傳來輪胎的聲響，但是現在應該還是沒什麼車會在路上跑的時段，當他轉身過去時，看到一台從靜稻荷來的小客車左轉，朝著這邊開過來。它沒有開車頭燈，車速相當快，山室很快就知道它是一台本田的VIGOR，因爲這是他以前賣了很多台的競速車種。

在橋邊街燈的照射下，他看到了車子的烤漆顏色，是酒紅色。山室把頭側一下，看到了車內的樣子。說到「酒紅色的VIGOR」，他就想到一個車主。

果然沒錯。雖然只有一瞬間，但是他看見了握著方向盤的小井戶那張細長的側臉。他也是跟山室住同一個住宅區的住戶，比山室還要年長個四到五歲，聽說任職於F百貨公司。雖然在住宅區內舉辦的祭典或是在公園除草時，兩人有碰到面的話都會寒暄一下，不過也說不上是有來往。

但他轉念一想。爲什麼會在這個時間呢？而且沒有開車頭燈，看起來也滿慌張的樣子……

山室左思右想，不過他不是會對別人的事情長久關心的人。

VIGOR的尾燈，在穿過橋之後就往左邊轉彎走了。跟散步道平行的那條筆直的路的前方，就是由將近五百戶的透天住宅所組成的「綠之丘住宅區」。山室臉上浮現笑容。如果是住宅區裡住戶的車子，直到現在他還是可以全都背出來，他不禁想著，自己果然天生就是一個汽車的銷售員。

他在橋上走到一半時，聽到了警笛的聲音，是從靜稻荷那個方向傳來的。是警車嗎？還是救護車？不對，好像還有消防車的聲音混在裡面。

在他的頭腦中，沒有將「酒紅色的VIGOR」和警笛聲聯想在一起。

山室只是想著，要怎樣才能把河川的存在從意識裡趕走而已。

3

在既淺又短的睡眠中，山室又看到了螞蟻地獄的情景而飛快起床了。

走到客廳去，這時徹和弟弟讓二都已經到學校去了。法子也快要出門了，她白天主要是在附近的一間便當店裡做計時人員。

要做全職的工作。上星期，法子一這麼說之後，一陣冷風就吹進了夫妻之間。「我會想個辦法的」山室雖然這麼說，但是法子沒有回應他，只是自顧自的繼續說，「徹想上大學」。

「你今天也要出門對吧？」

「啊？去哪裡？」

山室反問之後，法子無言地把臉朝向月曆。

今天是每個月一次的「認定日」，要到HELLO WORK的事務所去，提出失業認定申告書，若申告書上所寫的的「失業中」被認定的話，幾天之後就會有一筆失業保險金匯到戶頭來。

這是不管抛下什麼事情都一定要去的「工作」，山室忘了認定日，雖然有點失措卻還是裝模作樣地對法子說。

「……我現在正準備要過去。」

「是九點喔，來得及嗎？」

法子的眼神很認眞。

「嗯，我會開車過去。」

「開車不要緊嗎？」

「我會慢慢開的。」

「你有睡一會兒了嗎？」

「嗯，有睡一點了。」

「出門要小心喔。」

「嗯，妳也是。」

法子背對著他揮揮手，急忙地走出客廳。

只剩下自己一個人，他調整了一下呼吸，安心的感覺在胸中擴散。

從在公司提出辭呈之後，有十天以上，山室都沒辦法對法子說出事實，早上還是一如往常地離開家，然後到咖啡廳或是公園裡去打發漫長的時間，接著比平常上班時還要疲憊地回到家，每天都重複著這樣無所事事的日子。無能的男人。他只是不希望法子這麼看待他。

說實話的那天晚上，法子臉色蒼白，一語不發。過一會兒開口說的是，「其他的人呢？」，她問了林田、谷津和湯澤的事，山室沒有辦法馬上回答她。同一時期進公司的人裡面，最後被裁員的只有山室一人而已。「他們是衝著營業部來的」，好不容易說出這句話，擴散在法子臉上的失望神色更加深了。「不要緊，我會想點辦法的」。這句空虛的安慰話語，狠狠地打擊了山室。

屈辱的感覺，隨著日子流逝也開始包含了否定自己的念頭。反正我就是這樣。不知不覺間，鬥敗犬的言詞跟態度就表露了出來。對於做出這種言行舉止的丈夫，法子感到很焦慮。真正讓法子感到失望的，不是山室被公司裁員這件事，也許是當他在失去了公司的頭銜、被剝去那層鍍金的外表之後，馬上顯露出來的這個叫山室的男人的本性。

山室看了時鐘一眼。

他趕忙整理儀容準備，開著車出去。山室開的是他賣最多台的自排四門轎車，這台充滿回憶的自用車也是夫妻爭吵的源頭，因爲情緒化的山室說出了「賣掉之後就夠生活了」這種話。這已經是一台七年的中古車了，他知道就算賣掉了也只值幾萬日圓而已。他明明知道卻還說這種話，讓法子潸潸淚下。「夠了，從此以後，不要再讓我覺得我們現在很悲慘了」——

山室謹愼地開著車。太陽穴的疼痛還不肯消失，而且還像是居心不良般，擴張到整個頭蓋上面了。

在路邊的停車格停好了車，走進HELLO WORK的大門，上了二階樓梯之後，到給付課那裡遞交了失業認定申請書和雇用保險受給資格證，然後就坐在旁邊的長椅上等著。周圍非常安靜，但其實有很多人，他們的神色黯淡，都是和山室有著相同目的的男人。

現在除了勉強可以度日的失業保險金之外，沒有其他的方法了。P汽車公司委託的再就職支援公司一點都不可靠，去諮詢了好幾次都找不到銷售方面的職缺，山室又開始自暴自棄地認爲一切都完了。有一次，因爲對方說「如果薪水只有您原先的一半的話是有的」，所以他下決心去申請，結果第二天就來了一通道歉的電話，「抱歉讓您如此期待。讓人相當吃驚的，競爭率已經超過三十倍了」。

他也常常跑到這間HELLO WORK。從一大早，就混在集合來求職的一群滿面鬍渣的人群中，圍繞著建築物前的煙灰缸等開門。八點半開門的時候，同時要擠入人群中，一起湧入一樓的大廳裡，貪婪地翻著求人資料表。沮喪是回家時帶的唯一伴手禮。他體會到，會想要徵求四十五歲的銷售員的公司，就算找遍日本全國也是找不到的。其他的產業也是一樣的狀況。或許像經理這種的專門職種可能會有也不一定，但是像山室這種只會銷售的就只是廢物而已了。

也曾忍著恥辱去找大學和高中時代的朋友，去他們家中或公司拜訪，低聲下氣，請求他們介紹工作給他，但是到目前爲止，沒有人帶來好消息過。他每天都詛咒著那群薄情的朋友，他也知道朋友其實也討厭他，但是如果不這樣做的話他無法釋懷。

「山室先生——」

抬頭回應著聲音，就看到給付課的年輕職員一面把領帶鬆開，一面環視著室內。

「啊，是的，我就是——」

職員瞪了站起身來的山室一眼。

「你過來這裡一下。」

跟著職員的身後一起進入辦公室，職員把剛剛山室遞交的失業認定申告書放在他的胸前，不由分說地斥責他填寫方式錯誤。

「你要好好聽清楚啊！支付號碼是零的話就要省略不寫！請你以後一定要注意喔！」

山室目不轉睛地看著那個職員，他比山室還要小上一輪，從他自大的態度來看，就可以明白他有多瞧不起來這裡的失業者。這些傢伙，根本都沒有想要工作，只想來這裡騙每個月的失業保險金而已——

山室把憤怒吞進肚子裡，重新把申告書寫了一遍。他認爲吵起來就糟了，只要安靜地把文件寫好就好。只要這樣做，就可以拿到將近工作時薪水的八成，可以讓法子放心，徹和讓二也不用放棄補習班的課。

走出HELLO WORK的山室，打了一通電話之後，就把車往東邊開去。頭痛減輕了，取而代之的是開始有點擔心的睡意來襲。他把窗戶全部打開，收音機的音量也調大，緩緩開在縣道上。

剛好在十一點的時候，到了私人鐵路的Y站前面。

月田良一已經在約好碰面的咖啡廳內側的桌邊攤開了報紙，那身優質剪裁的西裝讓人目眩。

「唷，不要緊吧？」

這是月田的第一句話。

「什麼東西？」

「你臉色很差喔，超蒼白的。」

「喔。我最近身體不是很好。」

「該不會是那個打工的關係吧？」

介紹他去那個打工的，不是別人，正是月田。他是山室在大學時研究班上的朋友，現在在Q製藥公司裡擔任宣傳部的部長。要幫你找工作的話有點難，不過有還不錯的打工機會。在其他的朋友都毫無音訊的時候，接到月田打來的電話，著實令他高興。

「還滿難做的。」

山室笑著說道。他不可能對月田發牢騷。

「不是在頭上放電極，然後睡覺嗎？」

「嗯。不過，好像也有幾天是刻意不讓我睡覺。」

山室本來指的是「噪音」的事情，但是月田似乎以為是藥的關係。

「唔，雖然都說是睡眠障礙，不過不只是失眠症而已，睡太多的過眠症也包含在裡面。所以讓人醒來的藥物也是必要的。」

醒來這個詞彙讓他耿耿於懷。

「我問你喔，月田。」

「嗯？」

「難道說，我也有吃了一些像是覺醒劑之類的東西嗎？」

「應該是有用一點點吧，覺醒劑或是LSD之類的。」

月田淡淡地說。

「你說的是真的嗎？」

山室的臉頰緊張了起來。現在困擾著山室的失眠和頭痛的問題，原來都是因爲這種藥物的關係嗎？

「就算有用，也只是微量而已，沒有什麼問題的啦！比起這個——」

月田把臉靠近山室，壓低了聲音。

「要注意一下，不要跟HELLO WORK說你有去打工喔，如果你有領受非正當管道的錢，不但會要你把領過的給付都退還回去，還會跟你收罰金。」

的確像是事務課的月田會提出的建言。

「嗯，我知道了。」

能領受失業給付的人，是還有工作意願但是卻沒有工作的人，如果有在打工或者做兼職的工作的話，因爲有了工作，就會失去領受給付的資格。如果是非法的工資，還會要求「加倍退還」，這些在HELLO WORD裡也有聽說過。也就是說，要退還的金額是目前爲止所領的失業給付的二倍。

月田一臉難色地繼續說道。

「因爲是我介紹給你的，所以也有點擔心，怕你若因爲這個打工的緣故而喪失失業給付的領受資格的話，就賠了夫人又折兵了。」

「這麼說來也是啦……」

「難不成，你是因爲這個打工是我介紹的，所以你才不得不勉強自己去的嗎？」

「不是這樣的。」

山室強力地否認。

「我很感謝你介紹這個打工機會給我。如果只領失業保險金的話，我實在是不敢正面去看我太太的臉。」

「尊夫人的臉？」

「嗯……」

「可是，不是有八成嗎？那個保險。」

山室說了他的想法。

「男人把自己工作所賺來的錢拿回家裡，這事雖理所當然，但也是很重要的。」

月田大大地點著頭。

「我能了解。」

他說這話的時候，山室的心情扭曲了。

你怎麼可能會了解！喉嚨裡含著沒說出來的粗話。月田是一直都走在菁英之路上的才俊，他的名門家族可以一直追溯到室町時代（西元一三三六年——一三九二年），現在也是個與之相稱的資產家。

把情緒給壓制下來，山室伸長了身子。

「我問你，月田。後來怎麼樣了？有沒有聽說什麼好工作？」

他就是爲了問這個才來的。

不管怎麼說，就是想要工作。失業保險的給付只有一年的期限，再這樣下去徹就沒辦法上大學了，現在生活就已經很勉勉強強的了，家裡的房貸一個月雖然是五萬日圓，但是在發獎金的月份要繳的金額會超過三十萬日圓。根本就辦不到，完全付不出來。但是，要是連家都守不住的話，整個家庭就會分崩離析了。

要是情況危急的話，要他去工地做工或是去哪裡賺錢都可以——當初辭職時的逞強已經煙消雲散了。四十五歲，而且身體狀況還被失眠侵蝕得搖搖晃晃。

「怎麼樣？有沒有什麼呢？」

除了月田外，已沒有可以依靠的人了。強裝著平靜，山室死纏著眼前這個衣冠楚楚的男子。

月田雙手環胸，眼睛看著上方。

「嗯——因爲現在這個時期的關係嘛。」

「這樣啊……」

很自然地垂下了頭，就在此時。

沙沙沙沙沙——

山室皺起了眉頭。

也許以爲自己讓山室心情不好了，月田用奇妙的表情說。

「抱歉，沒能幫上忙。」

「不用掛在心上。」

說了之後馬上就後悔了。希望他一定要放在心上，要比之前更加的——

月田的表情像是在盤算著什麼，本來要開口，卻又縮回去，似乎在煩惱著該不該說。

「什麼事啊，直說無妨。」

山室催促著他，月田試探性地問道。

「我這裡倒是還有像之前那個睡覺打工的案子。」

「……」

「說的也是，還是不要好了。」

「不……」

拒絕了的話就太可惜了。

「什麼時候？」

「下個月。唔——，這一次的是……」

一邊說著，月田一邊拿出手冊翻了起來。

「啊，就是這個。睡眠相位後移症候群和生理時鐘的睡眠障礙的研究。」

「是說像是日夜逆轉那樣子的症狀嗎？」

簡直就跟山室的症狀一模一樣。

「好像是吧。上面寫著，是要檢查整個晚上的睡眠生理狀態圖表。」

「生理狀態圖表……？是那種像測謊器的東西嗎？」

「它們是不一樣的。不只是腦波，需要的還有像是心跳啦、呼吸啦這些其他的數據。」

腦海中浮現自己身上纏繞了一堆電線的樣子。

「請讓我做吧！」

「可是，你身體狀況還好嗎？」

「嗯，沒什麼大礙。」

「那我去幫你說說看。」

「麻煩你了。」

「別客氣。」

強忍高興心情的說著，月田拿走了桌上的用餐單據，這自然的動作引起了山室些微的嫉妒。

「今天就讓我請。因爲打工的錢也已經入帳了。」

「這樣怎麼可以。」

月田一本正經地說著，眼睛裡潛藏著憐憫的神色。

山室看著月田的背影，一起走向收銀台。眞悲慘。怎麼能讓失業中的傢伙來付錢呢。如果他用開玩笑的語氣這麼說的話就好了，被這麼認眞地對待，反而讓山室的處境很尷尬。

「對了，你知道嗎——」

走出店裡，月田像是要打散困窘的氣氛似的，眼睛炯炯有神地說。

「那邊發生了一件好大的案子喔。」

山室把頭湊過去。

「案子？」

「你不知道嗎？早上的時候電視都一直在播呢！」

「我最近都沒有看電視。發生什麼事了？」

「放火殺人啊！一個二十歲的色情浴按摩女郎被燒死了！」

「是在R市裡嗎？」

「嗯，聽說就在靠近靜稻荷那裡的公寓。」

山室的記憶馬上就復甦了。

該不會，就是那時候在豐田大橋上聽到的警笛……

「我說啊，山室。」

月田在分別時說道。

「你還是要看一些電視或是報紙會比較好喔！要是跟社會脫節的話，要再就職會更難上加難。還有啊，你那張死白的臉也是，要是今天去公司面試的話，一定不會被錄取的。」

4

回到家中，法子小碎步跑出來迎接他。

「對了，你在外面有沒有碰到？」

「啊？誰？」

「就是警察啊，說是負責這個社區的。」

「派出所的人嗎？」

「不是那個啦，喏，他們是走到這裡來問關於半夜的殺人案件的。」

「那，不就是刑警了嗎……」

山室稍微吃了一驚。這裡離Ｐ汽車公司用走路的要花上四十分鐘，所以算起來，離靜稻荷要大約一個小時的時間。就算是殺人命案，刑警有可能到距離這麼遠的住宅區來詢問嗎？

「我問妳。」

進入客廳，把領帶鬆開之後朝著廚房講話。

「那個是什麼時候發生的事啊？」

「好像是四點左右吧。」

果然，那時候的警笛聲就是這個的。

「刑警是來問什麼事的？」

「沒什麼，就是問說有沒有跟案子相關的事可以告訴他們。他們說還會再過來喔，因爲想跟男主人打聲招呼。」

相關的事……

在山室的腦海裡，出現了酒紅色的VIGOR。從月田那裡聽到這個案件之後，慌忙地駕駛著車子的小井戶的模樣就閃進腦子裡。

山室到沙發那裡坐下。總覺得有點坐立不安。

「法子。」

「什麼事？」

「妳最近有碰到小井戶先生嗎？」

「小井戶先生……？」

驚訝的聲音持續著，法子細瘦的身子從廚房出來，淺坐在山室旁邊。

「小井戶先生怎麼了嗎？」

「沒有啦，沒有什麼事，只是我在街上看到了他的車。我記得他說他是在F百貨公司上班的吧？」

「對啊，他說是展覽場的樓層經理。」

「喔，那還滿大的嘛。」

山室這麼說的時候，法子把膝蓋併攏。

「他兒子更厲害呢，聽說今年春天就要去K大了。」

「喔，這眞的很厲害呢。」

浮現在山室腦海中的，是滿久以前在夏季祭典時的情況了。那個圓臉幼稚園小朋友，當時緊緊抓住正在烤維也納香腸的小井戶的褲子……

「聽說小井戶先生的太太，很自豪地到處走來走去呢！她之前也是英語補習班的老師。」

法子的語氣有點不好。

「她先生有換車嗎？」

「我怎麼會知道這種事。怎麼了嗎？」

「沒什麼……」

山室含糊地說。

這是擁有五百戶的住宅區，山室的家在西邊，所以和住在南邊的小井戶並不常有見面的機會。可是，一定不會錯的，清晨時看到的那個開著VIGOR的男子的確就是小井戶。

法子接著說要去買東西，就站了起來，不過她應該一開始就察覺到了吧，她把臉朝向牆上的月曆。

「怎麼樣了？」

「喔，沒問題，我拿到了。」

「辛苦了。」

像是想要隱藏害羞的表情似的低下頭，法子走出了客廳。山室的心情很複雜。這不是工作所賺來的錢，可是，沒有的話會很傷腦筋……

稍微躺一下吧！山室這麼想著站起來的時候，外面傳來停車的聲音。他從窗戶偷看出去，房子的旁邊停了一台白色的豐田CROWN，有二個男子從車內出來，一個是剃了光頭、穿著西裝的中年男子，另一個是戴著眼鏡的年輕男子，不知道是否就是法子所說的刑警。沒有可以思考的時間，那二人已經打開了外面的門，進到庭院裡來了。

沒其他的辦法，只好請他們到客廳來。

那位姓榊的中年刑警態度很親切。

「哎呀，又來打擾了，眞是不好意思。呃，請問尊夫人在嗎？」

「她出去買一下東西。我去泡個茶。」

「不用麻煩了，我們只待一下子就走。」

以前在要申請車庫證明，或是要辦理事故車的買賣時，常常要跑警察局，連在交通課裡都有幾個熟面孔，不過跟刑警講話還是頭一遭。似乎是由年紀較大的榊來發問，而年輕的刑警則負責專心寫筆記的樣子。

「眞是糟糕呢。」

山室說道，榊則是好像很高興似地一邊笑著一邊抓他的光頭。

「因為死者是色情浴按摩女郎，所以要抓到犯人實在是有點困難。」

佯裝在閒聊的樣子，榊大略說了一下案情的概要。

一一九接到通報時是在快要凌晨四點的時候。那是一幢二層樓的公寓，火燄從一樓的房間竄出，在起火點發現了一具名叫相澤笑子的二十歲女子的焦屍。二樓的住戶都紛紛從窗戶跳下來跌傷，現場一片混亂。

「哎，整個房間都給燒得精光，連到底是因為竊盜所引起的還是爭執所引起的都無從得知，證據實在很弱。」

「眞可怕，不過，要把人活活燒死，實際上是辦得到的嗎？」

「不，現在還不確定。在還沒開始解剖之前，都沒辦法說得很詳細，恐怕有可能是先殺了之後再放火燒，最近還挺流行的，因為電視上經常播說現在的鑑識技術有多進步，為了湮滅證據就放火了。」

眞是個健談的刑警。

「話說回來。」

榊一邊說著，一邊把下半身往前移。

「關於這個案子，就如同我剛才所說的，現在是想要調查一下所有人在那個時段時的不在場證明。」

山室吃了一驚。雖然這是常在電視上看到的場景，但是他從來都沒想過，自己有一天也要找個不在場證明。

「是說……我有嫌疑嗎？」

「不是這樣的，所有的人我們都會一一詢問。嗯，時間是凌晨四點左右，請問山室先生當時是在哪裡做什麼呢？」

山室窮於回答。

凌晨快要四點的時候……山室當時正在P汽車公司的總部大樓前面。不，應該已經開始要走回家了吧？不管是哪一項，都很難說出口。

「想不起來嗎？」

榊慢條斯理地問道。剛來的時候那股業務用的語氣和朝氣都潛藏進陰影中了。手心慢慢地滲出汗水。

在家裡睡覺。話雖已衝到喉嚨，但良心過意不去，還是嚥回去了。果然，說謊是不好的。

「其實我到外面去稍微散步一下。」

他呼著氣說道。榊輕輕地發出了「喔？」的聲音。

「是在哪裡呢？」

「從散步步道……到……橋的另一邊去。」

「豐田大橋？」

「嗯，是的。」

「四點左右時是在哪邊呢？」

「因爲我沒有看手錶……如果要準確說的話……」

年輕的刑警流暢地用筆記錄著，當他的手停下來時，榊又開口說道。

「不過啊，您出門散步的時間還眞早呢！」

話中並沒有懷疑的成份，但山室卻驚慌失措。就如同榊所說的，一般的上班族是不會在那種時間散步的。

「沒有啦，其實我，二個月前就辭職了……」

「好像是這樣沒錯。」

山室大吃一驚。是法子跟他們說的嗎？

「之後身體狀況就變得有些糟糕，是叫做睡眠障礙嗎？就是晚上會睡不著覺。」

「有看醫生嗎？」

「沒有，相反的，這是我在大學研究室裡做睡眠障礙實驗的打工的時候——」

不妙！「不正當的薪水」幾個字從山室的腦海中閃過。雖然警察不是調查這個的，但是，HELLO WORK跟警方都是在同一個機關裡，也許彼此間有某種程度上不爲人知的關聯性存在。

他注意到榊的眼神有了變化。也許是因爲山室話說到一半突然中斷，因而開始懷疑他也不一定。

山室很快地說道。

「在擔任實驗對象的時候開始失眠了，因爲我在那裡吞了很多不同的藥物。」

榊大大地點著頭。

「從第一眼看到你，就知道你身體不好了。相當辛苦吧！」

「嗯，還好……」

榊從胸前的口袋裡拿出香煙。

「不好意思，可以借我火嗎？」

「啊，好。」

山室搜尋著褲子口袋，拿出了一個一百日圓打火機，榊很鄭重其事地把臉湊過來點上煙。

突然覺得氣氛變得很不舒服。

對了，是火。抽煙的山室經常會在身上放打火機——

彷彿看穿了山室動搖的心情，榊嚴肅地說。

「再請教您一次，在將近四點的時候，您在哪邊做什麼呢？」

「我說了，我沒有看時間。」

還沒有說完，榊就搶先說道。

「有人看到你了喔。」

「啊……？」

頭腦空轉著。

榊在煙灰缸裡把才剛點燃的香煙捻熄，雙眼再度回到山室身上。
「在四點五分左右，有人目擊到你在豐田大橋的對面。」
山室相當震撼。
他們說謊。說什麼是爲了要收集情報才到住宅區裡來，只是煙霧彈而已。這二個刑警，擺明了是衝著山室而來的。
「誰看到的？」
「這個我們無法回答你，不過這個消息的可信度很高。」
忽然想到了答案。是便利商店，從Ｐ汽車販售總部要回到橋旁邊時，途中有一間便利商店，一定有某個人在那間店裡，某個知道山室的長相跟名字的人。
榊直勾勾地看著山室。
「那裡距離這邊大約四十分鐘，如果只是單純散步的話似乎有點遠喔。爲什麼要在那個時間走到橋的對面去呢？」
「公司……我之前任職的公司在那裡。總公司的大樓就在河的對岸。」
山室感到頭暈。這個叫做榊的刑警什麼都知道。
「我寄與萬分同情。很辛苦吧，不管是在生活上還是貸款上。」
令人不舒服的氣氛密度上升了。
被殺害的是色情浴的女郎，她存有很多錢，而爲了搶奪那些錢引發了這次的事件。警方也許是這樣看待的。一個被裁員的四十五歲男子，刑警們是否認為山室有犯案的動機呢？

不，怎麼可能，再怎麼樣像那種暴力的事情——

「言歸正傳。」

榊將手指交叉著，靜靜地說道。

「你前去辭退自己的公司，是想做什麼呢？又在那種時間。」

那一瞬間，二個破碎的紅磚頭又浮現在眼前，展示廳玻璃的觸感也在手掌中復甦。

「很懷念……」

下意識地說了出來。

年輕的刑警歪著頭。

山室看到了他的表情。公務員是不會懂的，不會了解被裁員的男性在心中對公司所抱持的複雜情感。

「原來如此，我了解了。」

榊只是口頭上這麼說，頓了一下之後繼續他的問題。

「昨天晚上你在哪裡？」

「啊？不是就說在散步……」

「不，是再之前的時間，從晚上九點到出門散步之間。」

「我一直都待在家裡。」

山室用力地說道。他雖然不知道爲什麼要問九點之後的不在場證明，但總覺得回答得乾脆一點會對自己比較有利。
「能夠證明嗎？」
「去問我太太就知道了。」
「睡覺時間呢？」
「十一點左右。」
「你睡不著吧？」
「嗯……不過，我一直都在床上，我太太就睡在旁邊。」
「尊夫人也有起床嗎？」
「沒有，我太太馬上就睡著了，不過，她可是睡在我旁邊喔。」
「原來如此。」
表情看來不是很認同。
山室忍不住說了。
「我什麼都沒有做！」
對他的話沒有回應，榊開口說道。
「還有一個問題——你在實驗的時候吃了什麼藥？」
一瞬間，屏住了氣息。

覺醒劑……LSD……

榊的雙眼來回掃視著山室的臉。

「我不知道是什麼藥。」

才說到一半，榊就站了起來。

「不好意思打擾您了。感謝您的合作。」

負面想法的翅膀張開了。

他們二個該不會就沿著這條線到R醫學大學去吧？

他們確實對於山室的事情多少抱持著懷疑。在案件發生的時間帶裡被人目擊到，又因爲裁員的關係需要用錢，也許刑警們也很關心山室的精神狀況，所以他們就會到醫院去。到那裡去的話，就會知道實驗中有使用到覺醒劑或LSD了。恐怕刑警們還會再回到這裡來，下次就是要把他帶去警察局，在狹小的房間裡威脅他，憤怒地吼著說人就是你殺的吧。

冷靜。我又沒有做出殺人這種事，解釋一下他們很快就會明白的，馬上就能夠證明自己的清白。

不對，等等。

刑警們一定也會到HELLO WORD那裡去。如果透過他們的嘴巴，把山室在醫院裡打工的事情給說出來的話——

法子悲傷的眼睛出現在視網膜上。

「我有看到可疑的人。」

自己的聲音在頭蓋裡迴響著。乾渴的喉嚨裡勉強擠出這句話。

準備走出客廳的二人停止了動作。

自己的聲音繼續說著。

「我看到有一輛車從靜稻荷的方向很快地開過來。它沒有開車頭燈。開車的人是這個社區裡一個叫做小井戶的人。我很肯定。」

刑警們回到沙發上坐好。

山室不顧一切地開始說著目擊證詞。他一心只關心著自己的事，反正小井戶應該是冤枉的，他擔任的是百貨公司樓層經理，兒子也要進入K大學，這種人生順遂的男人沒有必要幹下殺人的舉動。

山室一個人絮絮地講完之後，榊疑惑地開口問道。

「當時天色應該還很暗吧？你眞的確定看到的就是那個叫做小井戶的人嗎？」

「我很清楚看到了，因爲橋上的路燈很亮。」

「不過也只有一瞬間而已吧？」

「因爲我看到那台車是酒紅色的VIGOR，而特別注意去看的。」

「確定那是叫做VIGOR的車種嗎？」

山室顯得有些激動。

「我怎麼可能會弄錯？我可是在汽車公司做了二十三年呢！它就是本田的VIGOR，是INSPIRE的姊妹車款。VIGOR的車老早之前就已經停產了，現在接棒的是SABER車種，是在美國製造的。所以現在路上已經很少看到VIGOR了，酒紅色的VIGOR在綠之丘社區裡也只有一台而已，就是小井戶先生的車！」

這番話聽起來頗有知識的樣子。二名刑警都被說服了，彼此互看一眼之後，鄭重地道了謝就走出房間。

山室的身子陷入沙發裡。

頭痛和暈眩一起發作，大腦十分疼痛。

把認識的人給「出賣」了——

可是，山室並不覺得有罪惡感。反正兇手一定不會是他。壓住了最後一抹不安，山室像是在找藉口般不斷在口中喃喃重覆說著。

過沒多久，法子回到家裡來。

她走進了客廳，連超市的袋子都沒放下就說。

「你剛剛不是問了嗎……我在路上遇到一個跟他們比較熟的人之後才知道啊，小井戶太太的先生也是一樣的呢，他一年前也被裁員了，是一年前喔！他太太一直都隱瞞著這件事沒講。真是一個很在意面子的人。」

5

晚上八點——
山室在社區裡徘徊著。
心彷彿要崩潰。
「出賣」給警方的對象，不只是一個認識的人而已，而是和山室一樣，都是因爲被裁員而陷入痛苦中的「同伴」。小井戶離開百貨公司，已經一年了；這樣說來，失業保險的給付也已經終止了。他的年紀應該將近五十歲，不知道他是否已經找到工作了呢？
傍晚的電視新聞裡，每一台都播放著「色情浴女郎殺害事件」的新聞，家裡訂閱的晚報也有大篇幅的報導。
似乎還沒有找到兇手的樣子。
就像榊刑警所說的，公寓內部全都被燒得精光，像是指紋和頭髮這種犯人所遺留的痕跡也很難採證，就連被害者相澤笑子的屍體都燒焦了。解剖的結果，只知道是先被殺害之後才放火的，但是殺害的方法尚不清楚。在火災發生的前六個小時，也就是晚上十點左右，鄰居作證說似乎有客人來到笑子的房間，但是之後發生什麼事就完全不清楚；犯案的動機也是一樣，是爲了搶奪財物、爭執、怨恨，這些都有可能。因爲工作的因素，笑子的交友關係廣闊得驚人，電視新聞的主播也說，光是要查明她的交友狀況就要花上相當的時間。

小井戶不是兇手。

這個想法，在得知小井戶也遭遇裁員的慘痛經驗後，更加地堅定了。

社會是怎麼看待的，這一點山室很清楚。

在公司服務了二十年、三十年的人，被公司趕走，陷入財務困境，但是不會想去幹下強盜或偷竊的事。中老年後被裁員的男性，想法只有一個。

不是想要錢。

是想要工作。

想要用工作賺來的錢養活家庭，就只是這樣而已。

去道歉吧！下定決心之後就走出家門，去拜訪小井戶家，嚴肅地跪坐下來道歉。

可是……

實際上，自己眞的能夠辦到嗎？自己比較重要。不想丟臉也不想被怨恨。而且，刑警的目標如果轉向小井戶了的話，也就是說，可以完全擺脫掉剛才降臨到自己身上的火星了。

頭腦裡面已經不太擔心了。

刑警有到R醫學大學去嗎？山室並不期望棕髮的研究生會站在他的立場思考，他可以想像到，研究生得意地說著自己所使用的藥物的模樣。

他們發覺到有「不正當的薪水」這件事了嗎？「加倍償還」。萬一事情演變到這個地步，不知道法子會說什麼，到時就不得不把珍愛的東西拿出來了，心情也會變得很絕望。要讓徹和讓二進大學，就更是痴人說夢了……

山室沒精打采地走著。

經過了大公園的旁邊。

第一次和小井戶說話，就是在這個公園，那時社區舉辦夏季祭典，他們都加入地區幹部，一起烤著維也納香腸。二人都是服務業，談起話來笑聲不斷，心情十分舒暢，還以啤酒乾杯「祝銷售一空」。說著蠢話放聲大笑，氣氛很熱烈。小井戶說，等到他退休之後，想去搭乘豪華郵輪環遊世界一周。夫妻一起去嗎？山室這麼問了，他很認眞地說，「怎麼可能。當然是我自己一個人去啊，一個人」。沒錯，這句話帶起了最大的笑聲。

從這個三岔路口轉個彎，應該就可以看到小井戶的家了。

還是去道個歉吧。下定決心之後，轉了彎，就看到一間奶油色外牆的二樓住家。山室突然停下了腳步。房子前面有一台車橫著停在前面。是白色的CROWN——

山室的身體震了一震。就在這個時候，玄關的門打開了，小井戶從屋子裡走出來，腳步踉蹌不穩。後面緊跟著二個人，就是剃光頭的榊和戴眼鏡的年輕人。戴眼鏡的打開了CROWN後座的車門，催促小井戶上車。

山室呆呆地看著這個景象。還有一個人出現，是小井戶的妻子，她走出了玄關，站在原地，臉色蒼白地看著車子。

小井戶瘦小的身子消失在車內。榊也坐了進去，戴眼鏡的進入駕駛座，發動了車子。

被帶走了，被警察——

山室的頭腦反覆叫著。

三人所乘坐的車子，朝山室開來。

車子帶起微風，從旁邊通過。那一瞬間，他跟小井戶四目相交，模模糊糊，隱約看到死魚般的眼睛——

山室轉身走回家去。小井戶的妻子，像是在祈禱般將雙手十指緊扣在胸前。

轉過頭去，只聽到排氣管的聲音，車子已經彎過轉角離開了。

他不記得自己是怎麼回到家中的。

在客廳裡，法子跟讓二正在看著電視上的綜藝節目發笑，徹在自己二樓的房間裡爲了考試而努力讀書。

山室走進臥室，鑽到被窩裡去。

過了半夜十二點之後法子也進入被子裡，跟平常一樣，才一眨眼的工夫就已然入睡。規律的呼吸聲，聽起來就像是房間發出的一樣。

山室完全沒有闔眼地過了一夜。頭痛經由動脈，擴散到頭頂的每個角落。

他拼命讓耳朵能清楚聽著。

正好是凌晨五點，輕快的機車聲音靠近了。是送報紙的。

山室從被窩裡出來，走出玄關，拿了報紙之後回到客廳。他把報紙放在桌上，合掌祈導一下，接著翻開社會版。

刊登了。

視線開始扭曲，紙面看起來也變黃色的，靠在桌上的雙手嘎啦嘎啦地抖了起來。

「陪浴女郎命案　火速結案」

「兇手是被裁員的五十歲男性」

「目的是竊盜　被發現而行兇」

小井戶忠亮。五十歲。

連照片都登了。削瘦的臉上表情看起來十分僵硬，眼睛往下看。那雙眼睛跟昨天看到的一模一樣，像是死魚一般渾濁的眼……彷彿失去了期待和希望和所有一切，毫無神采的眼睛……

待心情平靜下來之後，開始閱讀報導內容。

他好像已經承認了全部的罪行。報紙上面寫說目的是偷竊。在過了晚上十點之後，小井戶就開始物色幾間公寓，最後侵入了沒有掛窗簾的一樓房間，因為室內一片漆黑，所以他知道沒有人在家；但是，外出挑選組合櫃的相澤笑子回來了，因為她不肯安靜，於是就按住她的嘴巴，掐她的脖子把她給殺了。鄰居以為有「客人」過來的時間，照他的說法實際上是行兇的時間。刑警榊對於比行兇時間更早些時候的不在場證明的執著，也是因爲如此。

在行兇過後，小井戶就先回到自己家中。但是，他一直很在意指紋和毛髮，於是在家人都睡著之後，在凌晨三點左右，再度開車出去，在房間中用打火機放火，企圖湮滅證據，之後逃回自己家中——

報導裡也有提到裁員的事。

嫌犯小井戶因爲所任職的百貨公司業績不佳，在去年十月，將其與另外四十名員工一起解雇。在那之後，遲遲無法再度就業，於是就靠著打工兼差，以及妻子娘家的資助來維持生計。

在報導的最後，記錄了和小井戶會面的律師的談話。

嫌犯本人跟我說「我眞的感到非常的抱歉」、「我是一個沒有存在必要的人」之類的話，並且深深地反省過，本來打算要去自首的。

山室合上了報紙。

全身都打著哆嗦。

他連自首的機會都沒有，就被山室給「賣」了。小井戶的人生被強制性地終止。

山室咬著嘴唇，咬到發疼。

不可能會有的。在這個世界上，不可能會有「沒有存在必要的人」。

山室心中的某處還是堅信著。

信任小井戶這個男人。

信任這個被裁員的男人的心。

6

渾渾噩噩地過了幾天，連星期幾都不曉得。

夜深了，他一點都不關心時鐘的動態。中斷了的對話，再度由穿著內褲的法子提起。

「親愛的。」

「……嗯？」

「你今天到哪裡去了？」

「去找工作。」

「HELLO WORK嗎？」

「不是……」

「那你去哪？」

「妳管那麼多幹嘛？」

大概覺得山室有點焦慮了，法子很快地從沙發上站起來，走進廚房去。穿在腳上的拖鞋聲音訴說著，覺得辛苦的人又不是只有你一個而已——

山室垂著頭，把眼睛閉上。

今天一整天，都四處去拜訪認識小井戶的人，昨天跟前天也是一樣。山室並不是爲了要贖罪才到處奔波，而是想要知道小井戶會被裁員的理由。「沒有存在必要的人」。居然這麼說他自己，山室就更想去窺探他的心底深處了。

他從跟小井戶一起被裁員，名叫上田的男人那裡打聽到了。一開始上田不是很願意說，但是在得知山室也是被裁員的人之後，話語就像潰堤的河水般湧出。他現在得到了一個大樓管理員的工作，對小井戶感到深深的同情。

「他眞的是一個很辛苦的人呢——」

雙親早逝，小井戶自幼就被托給住在北陸的遠親，幫忙家裡賣金魚，連中學都幾乎沒有去唸。十七歲的時候就離開了家，當時F百貨公司在徵求鍋爐工人的學徒，他就飛奔過去了。跟他喝酒的話，他都會一邊笑著說「那時候對百貨公司這種東西可以憧憬得很呢」，一邊懷念著當時的情景。鍋爐的工作一年就學完了，他認眞的工作態度被創業的社長看見，因此而被提升爲正職員工。從那之後三十二年間，都在賣場擔任專門的負責人，三年前升爲七樓展覽場的樓層經理。

但是，從前陣子開始，F百貨的經營狀況急速惡化，吹起一股裁員風暴，在中元節商戰時輸給其他百貨公司的小井戶也被列在裁員名單之中——

「提拔他的創業社長已經退休了，幾年前就臥病不起。臥床的社長，好像有拜託他，說，雖然對你過意不去，但是請你辭職。他是四十個人裡面最先提出辭呈的。他有說過，老爹當時握著他的手，那隻手的力氣虛弱到讓他想哭。」

廚房有水的聲音，水壓的力道訴說著法子的焦躁。水聲變小了。想法又重疊在山室的心中。

「怎麼會這樣。這是不可能的事。不管他再怎麼缺錢，都不可能會幹那種事——」

山室最後問他，小井戶是在怎麼樣的想法下，才會說出「沒有存在必要的人」這種話出來。

上田雙手環胸沉思了起來，遲遲沒有開口。上田也一樣是被裁員的人，一定無論如何也不想說出那種話。若被裁員就等同「沒有存在必要的人」的話，那就連之前的生活也一併否定掉了。

腳步聲從樓梯傳來。

徹出現在客廳裡，眼神看起來很睏。重新整理好心情的拖鞋聲音從廚房那邊過來。很努力唷，想吃點什麼嗎？

突然覺得無地自容。

山室沒辦法直視徹的臉。

本想從沙發上站起來，就在這個時候，山室睜開了眼。他一動也無法動彈。「沒有存在必要的人」。這句話，發出嘎啦嘎啦的聲音旋轉在腦中。

7

從那之後不知道過了幾天。

過了下午，山室出現在小井戶家的客廳裡。大概是爲了躲避附近人們的眼光和媒體的煩擾，在小井戶被逮捕之後，窗戶一直都緊閉著，山室造訪了三次才終於能夠進到屋內來。

在對面的沙發上，小井戶的妻子──瀧子坐在那裡。她低著頭，身子一動也不動。

山室靜靜地說道。

「我認爲妳先生不是兇手。」

瀧子抬起頭，眼睛裡浮現的驚訝神色刹時擴散到整張臉上。

山室繼續說。

「事件發生的那天晚上，我步行到以前的公司去，大約在過了凌晨三點左右，走在沿著河床所鋪設的散步步道上。妳先生說，同樣也是三點左右時，他爲了湮滅證據所以開車出門，但是，這樣一來就很奇怪了，如妳所知，要從社區開上縣道，就只能經由和散步步道平行的那條路了，但是我卻沒有看見妳先生的車子。在我的記憶中，沒有看到一輛酒紅色的VIGOR開過去過。」

瀧子沒有答話，一直凝視著山室的眼睛。她相當驚訝，但是，卻沒有高興的表情。虧人家還特地來告訴她丈夫是無辜的。

或是，這件事說中了整個事件的眞相。

山室嘆了一口長長的氣。

「沒有存在必要的人」。說出這種話的小井戶，在他的心中，應該還有一句和這句互爲表裡的話才對。

那就是——「有存在必要的人」。

他認爲，住在相澤笑子隔壁的鄰居作證說的在晚上十點時候來的「客人」，其實是K大的學生小井戶愼一。雖然不知道他們倆人是如何開始交往的，也不知道事件發生的原因，不過，山室確信是如此。愼一殺了笑子，也有可能是失手致死——

愼一逃回家裡來，跟父母說明了一切。

山室慢慢看了客廳一圈。

就是在這裡開家庭會議的吧，考慮是要叫愼一去自首，還是要包庇他。

小井戶夫婦選擇了後者。爲了要包庇他，就開始想著要把兒子就是兇手的證據給消滅掉。小井戶開著車到笑子的公寓去，要去把指紋都擦掉，也把愼一忘記帶走的東西帶回去。他本來是這麼打算的，但是，在現場著手開始消滅證據的時候，小井戶也有點不安。也許會有一般人所不知道的證據，經由警方的手而被發現也不一定。於是就決定在房間裡放火。

不對……

不是這樣的。事情不可能會發展得這麼單純。

小井戶是一個正直的人。當他踏入公寓現場裡，親眼看見兒子闖出來的罪有多大時，一定既絕望又悲嘆吧。他大概是一方面擔心著兒子此後的人生，一方面自問自己目前爲止的人生究竟算是什麼，許許多多的思想穿梭在他的心中。父母的死，賣金魚的日子，憧憬的百貨公司，工作的愉悅。爲了家庭，爲了公司而拼命的工作著，但是結果又是如何呢？我的生命隨著裁員的露水一同消失，努力栽培、引以爲傲的兒子卻又墮落到去殺人。到底是哪裡出問題了呢？我到底教了兒子些什麼呢？小井戶一定是這麼自責著。

他應該也同情著年紀輕輕就死於非命的相澤笑子吧！想著她短暫的人生而淚水潸然，低頭朝向她的屍骸，向她道歉好幾次。很難想像小井戶這麼做時的模樣。

放把火，把無辜女孩的身體趕到地獄裡去。要小井戶在心中下定決心這麼做，一定也需要經過相當長的時間。

被警察所逮捕的小井戶在自白時說「凌晨三點時從家裡出去」，從起火時間的凌晨四點推算回去，這是不會被人認爲不自然的時間。但事實上並不然，小井戶是在更早的時候就出門去了，比山室出去散步的時間還要早很多。

眼前的瀧子還是緘默不語。窄小的嘴巴，不知是下了決心，還是有了覺悟，頑強的隱瞞著。

山室又重重嘆了一口氣。

在相澤笑子的房間裡放火的小井戶，過了凌晨四點之後就回家了。山室認爲他們又再開了一次家庭會議。恐怕這次的議題是放在「萬一」上面。萬一警方的搜查線延伸到附近來的話該怎麼辦。

最後決定由小井戶來代替愼一。山室相信是小井戶自己提出來的，如果不是的話，就太悲哀了。

一個是已經被裁員，沒有未來的五十歲父親；另一個是可以進入一流大學，前途一片光明的兒子。「沒有存在必要的人」和「有存在必要的人」——

山室凝視著瀧子。

那天晚上的景象又浮現眼前。瀧子雙手手指緊扣著，爲被刑警帶走的小井戶祈導。她當時，是在祈導些什麼呢？

還有……

山室很清楚地記得，這間房子二樓的燈是亮著的，大學的暑假早就結束了，愼一卻不在東京，而是在老家的二樓。也許不只是那天晚上而已，而是一直如此。可能是大學不好玩吧，還是說，在通過了入學考試之後就已經燃燒怠盡了。

那時候，愼一八成是從二樓的某個窗戶從上往下看著家門前面，看著自己的父親坐上警車被帶走的場面。他心裡有說對不起嗎？有流過一滴淚嗎？還是說，認爲父親只有小學畢業而已，所以這也是沒辦法的呢？

妳兒子就是兇手對吧——

雖然就在喉頭了，但是山室還是沒辦法說。

轉向別的話題。

「太太，這樣做好嗎？」

「……」

「是妳先生決意這麼做的吧。」

瀧子痛苦地壓著胸口說。

「我不知道你在說什麼。」

拒絕回應的強度，大概就像喘氣一樣。

這只是別人家的事。可是，山室認爲不能夠放著不管。

「這樣子眞的好嗎？」

「……」

「太太──」

一邊說著，山室忽然看向旁邊。

他感覺到有人在。

在關起來的木門後面。

也許有人在。他有這種感覺。

山室總覺得在門的另一邊是一片令人恐懼的廣大黑暗，讓他不禁直打哆嗦。

8

沙沙沙沙沙——

沙沙沙沙沙——

沙沙沙沙沙——

從地獄生還了。睜開眼睛的瞬間他這麼想著。

棕髮的研究生站在床邊，默默把他頭上的電極給拿掉。

山室從床上下來。「再見」他只對研究所的學生打聲招呼，就離開了防護室。

外面是晴朗的秋日。

坐進車裡，駛出了Ｒ醫學大學的校地，從這裡回家用不了五分鐘。

沙沙沙沙沙——

沙沙沙沙沙——

本來剛醒過來覺得愉快的心情，又因爲噪音而變糟了。頭腦裡對此已經痲痺了。

剛剛的睡眠很深。

他注意到這次的睡眠既深且長。
還做了夢。
是一個很長的夢。
是一個沒有條理的長夢……

沙沙沙沙沙——
　沙沙沙沙沙——

耳鳴了。
車子進入住宅社區裡。
接近屋子了，山室把車速減緩。

沙沙沙沙沙——
　沙沙沙沙沙——

沒有條理的長夢……
一切都只是夢……一切發生的事情都……

頭腦的深處，有某個巨大的物品碎裂的聲音。

山室踩著油門，通過了自己的家，在路口右轉，接著再左轉，奔馳在大公園的旁邊，到了三岔路口，右轉，接著又踩了油門，在奶油色的二層樓房子前面緊急煞車。他透過車窗看著玄關。是眞的。

寫著「小井戶」的門牌已經不在了，只留下一個沒有被太陽曬過的白色長方形痕跡。看院子的狀況也可以知道現在屋子裡沒有主人，樹木跟草都野放著造反起來。

沙沙沙沙沙——

沙沙沙沙沙——

山室走出車子。

胸口像是燃燒般的灼熱。

接著要去HELLO WORK。他這麼想著。

就算不是業務也沒有關係，不管是什麼職種都可以，把最初所拿到的求才資訊上面的電話拿出來打打看吧！然後，工作。要連小井戶的份都一起繼續工作下去。

怎麼可以認輸！

怎麼可以向裁員屈服！不管是頭痛也好、目眩也好、耳鳴也好，只要習慣就可以了。

車子飛奔到縣道上。

沙沙沙沙沙——

沙沙沙沙沙——

山室對著後視鏡，強迫自己做出一個笑臉的表情。噪音的音量，也降低到只剩下一點而已了。

花環之海。

1

發出轟然巨響，蒸氣往上冒出來，煙霧瀰漫。這一間擁有令人眩目的銀色外表的巨大製麵工廠，長久以來都被人視爲破壞了樸素的田園風光。

城田輝正坐在董事長室的沙發上。現在進行的是再就職的面試，他已經有一陣子沒有穿西裝了，讓他感到很緊張。

「那麼，下一個問題——」

面試官是從東京回來的第二代社長，相當年輕。

「對你來說，到目前爲止最讓你感到開心的是什麼？」

城田有點不知如何是好，眼神飄到社長胸前的地方。

「嗯？沒辦法馬上想出來嗎？」

社長微笑著繼續說道。

「爲什麼要問這樣子的問題，就是想知道你會對怎麼樣的事情感到高興，會在什麼樣的事情上面傾注熱情。一般人都會認爲，工廠的工作是很單純的，但是事實上卻相當多樣化。到了我這一代，我想進行職場的意識改革，不再勉強員工，而是要讓這裡成爲能使人開心的職場。老實說，像你這種和我年紀相近的人如果大量增加的話，要改革起來就很容易了。你了解了嗎？」

「嗯……」

「那麼就請你告訴我，你到目前爲止最讓你開心的事情是什麼呢？」

接著是長久的沉默。

這一段空白的時間，把笑容從社長的臉上奪走。

城田的額頭滲出汗水。

只要適當的回答就可以了。

雖然他對自己這麼說著，但是就是沒辦法理出個頭緒來，因爲大腦毫不做作地開始反覆回味著那件最讓他感到開心的事。

就是朋友死掉的時候——

阿輝。城田突然叫了出來，忘了自己現在正在面試。

2

可以聽見微微的海潮聲。

「會被殺……」

在角落的棉被裡，小節像是喘著氣般地喃喃說道。

雖然沒有人回答，但有人跟他抱著同樣想法。

今天晚上一定會被殺……

阿輝沒有聚焦的眼神朝向天花板，電燈泡虛幻的光線滲透進黑暗之中。衛生衣被汗水浸濡，像是另一層皮膚地貼在身上；手和腳彷彿木棒一樣，沒有知覺。

不過，若是要稍微動一下肢體的話，如刺般的肌肉疼痛就會襲捲全身。嘶啞的喉嚨熱得像是要燒起來一般，感覺上似乎連氣管都潰爛了。

好想吃桃子。

沒來由的就是想吃。

而且是冰涼的桃子，那個像是要融化般的果實，是故鄉的味道……

吞了一口唾液，阿輝的表情因爲喉嚨的疼痛而扭曲。

S大學空手道社的夏季合宿即將邁入第七天，一年級六個人所睡的這間八張榻榻米大的房間裡，充滿了汗水腐敗的臭味。連汗都腐臭了。在這個到現在已經分不清楚臭味和空氣的房間裡，還要再待六天——

這麼想的瞬間，阿輝被絕望的想法給拉走了。我爲什麼要在這種地方啊？在這間臨海的合宿所裡所進行的，並不是空手道的訓練，也不是心神的鍛鍊，更不是教你一些關於身爲社會人該有的禮節，而是進行暴力的支配。在這裡發生的，就只是那樣而已。

唰啦……唰啦……

有某個人的身體動了，這時候，因爲海邊的沙粒被夾帶進棉被裡，於是就會聽到磨擦沙子的煩人聲音。沒有人在睡覺，睡覺是不被許可的。在大太陽下練習的時間，早上跟下午加起來共九小時，結束之後馬上就要幫忙學長換衣服、伺候茶水、在浴場幫忙刷背、打飯、吃飯時在旁服務、鋪床鋪、按摩、洗衣服、掃浴場……

不過，他們睡覺時就隨便了，六個人像一堆破爛的毛巾一樣躺著，身上連道服和腰帶都沒有脫下來。他們連換衣服的力氣都沒有了。但是，不得不穿著衣服睡覺，還有其他更深刻的理由。也就是要爲了「夜襲」作準備。

「幾點了……？」

大額頭壓低聲音問道。

「……十一點半。」

阿豐的聲音崩潰了。

「……不會來了吧？昨晚不是才剛來過嗎？」

石頭細細的聲音說道。

沒有人答腔。

雖然昨天晚上有夜襲過了，但是不代表今天不會有。

「你們這些二年級的，千萬不可以鬆懈喔」，有一個幹部說了這句話之後，就決定要夜襲了。而且，今天晚上，聽說那些已經畢業的學長們在附近的民宿辦了一個非正式合宿，他們要聯合這些學長一起來。學長就等於夜襲，這個定理是絕對不可能改變的。

沉默的時間流逝著。

阿輝拼命睜開沉重的眼皮。要忍耐到凌晨二點才行，目前爲止還沒有哪次夜襲是在過了這個時間之後才來的。

「我……已經……」

石頭的聲音聽起來好像不行了。

「就算今天晚上有夜襲也……」

「夠了。」

阿輝制止了他，但石頭還是繼續說。

「我好想回家喔。我已經不行了……」

沒有人出聲鼓勵他。

在角落的棉被裡的小節撐起上半身，用緊張的聲音說道。

「喔斯！我是一年級的高節[1]！有一個問題想要請教不知可不可以！」（「別鬧了。」「夠了。」「別說了。」）

幾個聲音同時低聲地說著。

「喔斯！請問今天晚上的夜襲已經確定要執行了嗎？」

「叫你別鬧了！」「小節，閉嘴！」

「喔斯！我這個人最喜歡夜襲了！今天晚上請務必一定要來！完畢！」

小節的眼球上映著電燈泡的光芒，張著眼睛的樣子很怪異。

阿輝感到一陣寒氣。

好想逃走。

好想從這裡逃走。

在初春時招開的入社試聽會上，道場裡還坐著用甜言蜜語招來的二十三個大一新生，但是經過了四個半月之後，就銳減到剩下六人。並不是說他們的精神狀態很強韌，也不是他們有那麼熱愛空手道，而是因爲退社的人下場都很慘，連在校園裡走動都不行，最後也休學了。剩下的這六個人，都是因爲家裡的關係或是顧及父母方面而沒有辦法休學，所以才會留下來。已經到極限了。不管是身體還是精神上……

有悄悄的說話聲。

「……幾點了？」

「十二點十五分……」

房間裡的氣氛很緊張。靠牆的被窩不安地亂動，阿悟用手扶牆站了起來，他的雙腳還穿著短布襪，因爲在滾燙的柏油路上跑步的關係，他那接近扁平足的腳底的皮全部都剝落了。他臉上的表情消失了，昨天跟今天都幾乎沒聽到他開口。精神狀態上的危險程度，比起石頭和小節，他可能還更糟糕。

「去哪？」

阿輝問阿悟。

「……」

「喂，要去哪？」

「……」

大概是要去廁所。不過，阿輝不死心繼續問。

「阿悟，你要去哪裡？」

註１：「喔斯」是日本空手道、柔道、劍道等練武者特殊的招呼用語。

該不會是要逃走吧？

不只是阿輝，大家的頭腦裡都這麼懷疑著。一年級生逃走了。要是發生這種事，不知道那些幹部會有多抓狂。

腳底的痛應該非比尋常，阿悟拖著腳發出嘶嘶的聲音，一點一點、慢慢的把身體朝向門的方向移動。

「要去哪？廁所嗎？」

「……」

阿悟的身影消失在走廊上之後，留在房間裡的五個人都屏住呼吸仔細聽著。

嘶嘶……嘶嘶……

拖著腳走路的聲音愈來愈遠，過一會兒，聽到開門的吱嘎聲。他走進廁所了。五個人在房間一動都不動。沖水的聲音。開門聲。嘶嘶……嘶嘶……，腳步聲又接近了。五個人這才呼出了一口長長的氣。

阿輝睜開了眼睛，他還沒有想睡覺的感覺。雖然好像有點令人懷念，但還是有些令人害怕。

阿輝飛快地跳起來，全身起雞皮疙瘩。

「夜襲——！」

遠方的聲音。

看了一下枕邊的時鐘，現在是凌晨一點二十分。

「快起來！是夜襲！」

阿輝大聲叫著，他嘶啞的聲音顫抖著。要是萬一、沒有辦法三分鐘以內在宿舍前面排列整齊的話——

「快起來！糟糕了！」

大家都把被子掀開，房間陷入一片混亂。

「可惡！眞的來了！」

「混帳！混帳！」

「我超討厭這個的啦！」

「不要囉囉唆唆的！」

「快點弄好！快點！」

開了燈，把被子摺好，從房間飛奔出去。阿悟跟不上，阿輝和阿豐從二邊把他架起來。他們在走廊上奔跑著，連滾帶爬地下了樓梯，在一樓的走廊上狂奔。過了這個轉角，就看到玄關了。他們沒穿鞋，直接光著腳飛奔出去。

每個人都上氣不接下氣。

棕帶的十一名二年級生全部都已經排好，被這些二年級生團團圍住的，就是那些當「幹部」的三年級黑帶。站在中央的是統制長詫間，在背地裡他那張紅色的臉被叫做是「惡魔」。他的目光落在計時的手錶上。

他的眼睛轉向一年級生，黝黑又沒有神采的眼睛，讓人聯想到鯊魚。
「四分三十秒。」
下個瞬間，詫間情緒激昂了起來。
「整隊！兩手間隔預備姿勢！手握腰帶！」
六個一年級生有點抗拒地移動著，在詫間前面排好隊，雙腳大大地打開半蹲，雙手握住腰帶的結。
詫間發出金屬般的聲音。
「整頓氣勢、開始！」
「喔斯！哈喝！哈喝！哈喝！」
詫間慢慢地往前走，站在右邊的阿輝前面。
沒有任何預兆，就往前踢了好幾下，都落在阿輝的腹部。
「喔……喔斯！感謝您！」
話還沒有說完，第二腳就飛了出去，這次目標不是腹部，而是直接命中胸口。阿輝的身體像蝦子一樣彎下來，接著就倒在地上，雙手緊壓著腹部在地上痛苦的翻滾。然後有幾個黑帶的圍上來，踢他的側腹部，又抓著他的道服把他提起來，繼續把他踢倒在地。
「喂！安岡！站不起來了嗎？」
「你的氣勢到哪裡去了！」

「喂喂，給我站起來！」

詫間走到他旁邊。

阿輝半睜開眼。

在正前方看到了詫間黑色的瞳孔。

會被踢……會被踢……會被踢……！

詫間的右腳動了。阿輝感到腹部受到衝擊，貫穿腹部的劇痛慢了一拍才來，痛楚直通背上。

「喔斯……感……」

發不出聲音。

詫間的眼裡沒有感情。第二下、第三下，不斷踢著，其他的黑帶也從旁邊或從後面，一直用腳踢他。

「不要呆呆杵在哪裡，城田！」

「喂！腰再低一點！」

「喔斯！喔斯！」

阿輝發狂似地大叫著。

詫間還在眼前。

「喔斯！哈喝！哈喝！」

胸口有直拳打過來。

「啊……」

酸酸的東西衝上了喉嚨，他的視線變成橘紅色的，眼裡看到的詫間身形歪曲，崩裂，消失。

膝蓋跪在地上，馬上就有一股強大的力量把身體往上提起，二個人從二旁分別抓住他穿著道服的肩膀，空空的腹部繼續受到正拳的打擊。這拳不是詫間打的，是一個已經畢業、名叫戶所的學長，在背後的則是三河。果然還是來了，來找樂子的。

十分鐘之後，一年級生全部被打倒，合宿所前面的道路被寂靜包圍。不過，這只是夜襲集合太慢的懲罰而已，真正的夜襲訓練從現在才要正式開始。

「準備跑，預備——開始！」

佐田主將大聲喊道。

朝著海的方向跑去。主將在前頭，接著依序是一年級生、二年級生，周圍由三年級生固守著。手中提了大型的手電筒，在那個搖晃的燈光中，深夜裡的道路看起來令人有不舒服的感覺。

心情上，就像是趕赴刑場。

阿輝一邊忍著想嘔吐的感覺，一邊死命讓腳繼續前進。走在他前面的石頭一面跑一面抱著肚子，身體左右搖晃著，看起來就快要脫離隊伍了。在他的前面可以看到一雙短布襪，是阿悟，不過不是他的腳在跑，是他二旁有二個三年級生硬是拖著他走。

一行人進入了海灘，直接跑進海裡，在海浪到腰部時才能停下來。他們啪沙啪沙地走在海水中，海水從腳踝開始，到小腿、膝蓋、腰部，一直不斷上升，同時恐懼感也跟著上升。海風很強勁，浪濤很劇烈，天空很黑，沒有月亮也沒有星星。在漆黑的夜裡，手電筒的燈光交錯著，像是在尋找逃獄犯人似的。

主將回頭，他的身體除了胸部以上，全浸在海水中。手電筒的燈光照射在主將身上，他大叫著，但卻被海浪的聲音掩蓋了過去，不過看他的嘴型就知道了。

正拳一千下——

連感到絕望的時間都沒有。

「開始——一！」

「哈喝！」

「二！」

「哈喝！」

「三！」

「哈喝！」

阿輝對著黑夜揮出了拳頭。

好孤獨。孤單的感覺催化著恐懼的心。他們排成一列，照理說他的右邊是大額頭，左邊應該依序是阿豐、石頭、阿悟和小節才對，但是別說要看到他們的身影了，連氣息都察覺不到，彷彿只剩下他一個人，像一座燈塔似的站在黑色海洋的正中央。海潮發出隆隆的聲響，波浪不斷拍打著阿輝的腹部，退回去時也順便帶走腳邊的沙子。如果身體也能夠像這樣被海浪給帶走，就不會再恐懼了。

揮拳還不到一百下，阿輝就已經精疲力盡了。這七天來所累積的疲勞，使得手腕已經無法保持水平高度；當然有部份也是道服的問題，吸滿了海水的袖子，像鉛一樣重。

「哈喝！——哈喝！——哈喝！」

還有八百下。

阿輝開始頭昏眼花了。並不是今天晚上結束就好，雖然舉行了夜襲，但是明天早上仍然不能夠睡過頭，早上六點就要去把學長們叫醒，服侍他們換衣服與吃飯，接著又是九點鐘開始的訓練。明天晚上也沒有人能夠保證不會有夜襲。這些事情還要再重覆六次才會結束。

心情噗滋一聲折斷了。揮拳時漏掉了一次，在這之後馬上有事發生。

眼前出現詫間的臉，他剛剛就在後面看著。

「你少揮了一次嗎？」

「喔、喔斯！」

「連一次也不許給我偷懶！」

詫間的前踢，連海水的阻力都減輕不了，直接撞入阿輝的腹部。不能呼吸了。也不能夠蹲下，因為下面不是地面，只能拼命撐住。但是，阿輝的身體又再度失去平衡，腳在海中無法動彈。他看到旁邊的人的臉，是已經畢業的戶所。

「洗把臉吧！」

戶所的雙手猛烈的撞擊阿輝的胸部。

阿輝的屁股往後，沉入了海中，他的臉使力浮上海面時，又有一巴掌打來，耳朵一瞬間什麼也聽不到；頭和肩膀被人壓住，就這樣直接壓進海裡。阿輝在海中掙扎著，想把戶所的手給撥掉，但是戶所的手往他的頭部移動，用力把頭固定住。

會被殺……！

他很認真地想著。胸中已經沒有空氣，喝了很多海水，十指也抓到了海底的沙子。他向旁邊移動，逃出了險境，把頭伸出海面時劇烈地嗆得咳嗽著。

「回去揮拳！」

「喔斯！」

死亡的恐怖，讓揮拳的手重新回到適當的高度。

左邊開始起了騷動。可能是阿豐和石頭也被壓下去喝了海水吧。

數到三百下的時候，幹部手中的手電筒一起熄滅。

陷入了完全的黑暗。

不管是距離、海面的寬度，還是天地的分別，都完全看不出來。

不過，阿輝還是繼續揮著拳。這是幹部在測試他們，要看看在黑暗中會不會有人偷懶。

超過四百下了。肩胛骨嘎啦嘎啦作響，手腕痲痺了，頸部的筋也產生了難以忍受的鈍痛感。

好想結束。好想把手腕無力地垂下來，慢慢轉動脖子。他已經跟這個誘惑奮戰了好久了。再一拳就結束吧，只要再揮一拳。但是，在他要把手放下來的那一瞬間，突然想到，萬一手電筒的燈現在開了的話要怎麼辦？紅色信號燈不斷在腦中閃爍。

「哈喝！──哈喝！──哈喝！」

終於到了六百大關。阿輝使盡力氣左右交互出著拳。誘惑已經不存在了，因爲已經失去了黑暗的屏障，周圍開始亮起白光，正前方佐田主將的臉也模糊地浮現出來。

「哈喝！──哈喝！──哈喝！」

快要到七百下了。突然，主將中斷了揮拳，「等一下！」他大聲叫著。大家還以爲聽錯了。

「停止出拳！」

「哈喝！──哈……」

阿輝維持著右手出拳的姿勢，停在原地。

主將的臉，朝向一年級生隊伍的左方，接著大聲吼道。

「相馬怎麼了！」

阿悟幹了什麼好事嗎……？

看不到左邊，而且，就算下了停止動作的指令，也不代表就可以亂了架勢。阿輝還是凝視著正前方。

主將又大聲叫道。

「相馬在哪裡！」

哪裡……？

阿輝只移動眼睛往左看，用眼角看到了旁邊的阿豐，維持著正在出拳的姿勢。

「去找相馬！」

聽到主將這麼說，姿勢不由得鬆懈了下來，往左邊看。大家都不約而同的這麼做。

不在。

阿悟不在那裡。

應該要在石頭和小節的中間的阿悟消失了。

他逃走了。

阿輝的腦中忽然閃過這句話。

「快點找！」

主將大吼著，但是大家都不知道應該要怎麼做才好。阿輝只是在原地驚慌失措，他完全無法理解現在的狀況。阿悟消失了，是逃走了嗎？要找他？到哪找？該不會溺水了吧？這樣一來要到海裡去找他嗎？還是說……

經過了好幾分鐘。這段時間雖短，但是海面的拂曉正戲劇性地進行著。

「啊！」

伴隨著聲音，二年級生舉起了道服。那是在一年級生稍微前方之處，一直載浮載沉著。道服的背上還繡著「相馬」的名字。很快就在附近的海裡發現白帶，看樣子果然是阿悟的東西。
「喂！」
某個幹部發出大叫，伸出手指指向海面。
那個場景，阿輝只是呆呆地看著。
在三十公尺遠的地方。不，也許還要更遠吧。
白色的物體飄浮在浪濤之間。
是短布襪——
在場的每個人，都直覺認為阿悟已經死了。

3

山腳的田裡，有將近六十株樹齡二十年的桃樹，進入四月之後很快就開始長出花蕾，半個月的光景就開得滿樹的花。當花瓣凋落的時候，果實也開始嶄露頭角，到了五月上旬的現在，果實已經長成像梅子一般大小，像在各個枝頭上掛了鈴鐺一樣。
城田戴著勞動用手套的手，毫不休息地活動著。
把每個樹枝上的果實減少為一到三個的摘果子工作被稱為「選果」。當站在樹枝伸向四面八方的老樹下面的時間一久，就會產生一種彷彿進入了巨大的迷宮中的錯覺。一般都說，桃樹的壽命大約只有十五年，不過，有一部份特別的樹雖然已經過了「退休年紀」了，現在也還是一棵樹就可以結出上千顆果子，是令人自豪的豐收樹。

這些全部都是叔父在賣的。離開大學之後，城田又回到老家，在當地的農業協同合作社裡工作了八年之後，在去年十二月，也就是他三十歲生日時提出了辭呈。所以說，幫忙栽種桃子的工作，今年是完完全全的第一次經驗。

「差不多要吃中飯了。」

他等叔父這句話等很久了。

二個人坐在手工做的長椅上，把便當放在膝蓋上打開。

五月的風很涼爽。

嘴巴一邊咀嚼著，叔父一邊開口說。

「你之前去的那家製麵工廠，後來怎麼樣了？」

「喔，好像不行。」

城田回答著，手中的筷子沒有停下來。

「這樣啊，那真遺憾。不過呢，你要不要再到別的地方去試試看？你可別賴在這裡不走喔。叔父這麼說著。長子在東京的一家電玩公司上班，雖然結婚了也生了小孩，但是不管怎麼說，就是不想要繼承這個他親手培植的桃子園。他現在只擔心，城田開始來這裡幫忙，會不會也給了長子一個不用回來的理由。

「下星期，我還有一個面試。」

「這樣就好。因爲桃子是很重要的東西，還是勤快點的人比較適合。」

「嗯。」

「不過啊，眞是可惜耶，放棄農業協同合作社那的工作。又沒有發生什麼非辭不可的事。」

「嗯，那個啊……」

城田凝視著遠方的山。

之前在農業協同合作社那裡的工作還滿順利的，他在總店中樞的金融共濟部貯金課待了四年，之後轉調到融資課的審查組，周遭的人都覺得他前途一片看好。但卻在去年春天時被暗地裡調職了。在進行合作社會員的融資審查之際，得知種梨的農家大量使用沒有登記註冊的國外進口農藥，這是農藥販賣店跟進口商購買，再直接賣給種梨農家的。

城田向生產部的營利農業指導課課長報告這件事。不是因爲他心中湧出正義感，而是因爲課長是高中的學長所以才告訴他的。沒想到課長的反應相當敏感。別告訴任何人，忘了這件事吧！城田認爲，他也是在檯面下販賣沒有登記註冊的農藥的其中之一。城田的確守口如瓶，但是不到半個月，報紙上就出現大篇幅報導這個事實眞相的新聞，電視新聞也對此大報特報，不只是業者，連農業協同合作社也遭到社會強烈的批判。

一定是城田向媒體告密。這樣子的傳言開始在農業協同合作社裡流傳，營利農業指導課課長又是合作社會長的親戚，於是城田就被調到經濟部門，處理農作機具的販賣。在開始吹起北風的秋季，調到直營的加油站去，最後移回總店的資訊管理室，被一群既沒有看過也沒有碰過的電腦機器包圍，城田除了一直呆坐在自己的位子上之外什麼也不能做。二個星期就到極限了，寫辭呈是他在管理室的桌上所做的唯一一件事。

「好了，再多加把勁吧！」

「是。」

從長椅上站起來時，放在工作褲口袋裡的手機響了起來。自從他開始在果園裡幫忙之後，手機就不怎麼響了。城田把手機拿出來，看了上面的來電者，顯示的是東京的電信局。

「我是城田。」

〈啊，阿輝嗎？〉

「是石頭嗎？」

〈猜對了。哎呀，眞是好久不見了。〉

石倉的聲音聽起來很開心。

「你是跟我家人問到電話的嗎？」

〈對啊，我跟你媽問來的。啊，現在方便講電話嗎？〉

城田瞄了一眼叔父的背影。

「講一下的話還好——什麼事？」

〈嗯。事情是這樣的……〉

石倉的聲音變低了。

〈你有接到電話嗎？〉

「誰的電話？」

〈阿悟的媽媽打的電話。〉

城田吞了一口氣。

在夏季合宿時死掉的相馬悟——

「我不懂你說的，到底發生什麼事了？石頭。」

〈就是啊，昨天晚上他媽媽有打電話到我家來，然後她說，想要知道阿悟死掉時事情經過的細節。〉

一時之間沒辦法答腔。從相馬死掉那時起，到現在已經過了十二年了。

「她說想知道他死時的情況，可是，在阿悟葬禮的時候，不是都已經跟她說過了嗎？爲什麼現在又……」

〈就是說啊。我也嚇了一大跳呢！一開始我還以爲是第十三回忌日的關係還是什麼的，不過好像不是耶。〉

「那是爲什麼？」

〈這個嘛——〉

石倉的聲音又更低了。

〈我們那時候，不是沒有跟他們說，當場還有已經畢業的學長在場嗎？我在想，會不會是阿悟的父母，不知道從哪裡聽到這件事呢？所以才會想要再問我們這些同時進去的人，當時事情發生的細節到底是怎麼樣吧。〉

我們。他用了複數形。

「我也算在裡面嗎？他媽媽是這麼說的嗎？」

〈大家都有。就連大額頭啊、小節啊、阿豐也是。〉

一點都沒有懷念的感覺，反而覺得胸口難以呼吸。

「那，她什麼時候要問？」

〈說是下個月。好像是有事情要到東京來一趟的樣子。她說從我先開始，然後會一個一個地打電話給我們。〉

「其他人也接到電話了嗎？」

〈我還沒問，不過應該不是只有我才對。如果阿悟的媽媽打電話給你的話，要馬上讓大家知道喔。〉

「嗯。」

〈對了，我有想過，要不要在跟他媽媽見面之前，先把大家都叫出來見個面啊？〉

事先串通。這個討厭的詞彙浮現腦中。

他有點膽怯。這會是在畢業之後，五個人第一次見面。三年前，石倉結婚的時候雖然有叫他去，不過小節和阿豐沒去，所以沒有見到。

但是……

就事論事。城田重新握好手機。

「好是好……什麼時候？」

〈看是要下個星期還是下下個星期，最好不要太晚，不然阿悟的媽媽就要來了。〉

「集合的地方是在東京吧？」

〈嗯，雖然很不好意思，只有我比較方便。〉

「不會啦。」

〈那，我就打電話給其他人了。決定日期之後會再跟你連絡。對了，阿輝你幾時方便？〉

「下星期和下下星期都可以，星期日也沒問題。」

有小小的沉默。

〈農業協同合作社那裡呢？〉

「喔，發生很多事情，所以辭掉了。」

〈這樣啊……說的也是，大家身邊都發生了很多事情……〉

最後平心靜氣地說著，石倉掛了電話。

城田伸出手拿茶壺。雖知叔父現在不太高興，但他要是不先潤潤喉，就沒有辦法繼續工作。

4

就算回到家中，城田的心裡還是起伏不定。

「你吃飽了嗎？」

母親看了看盤子裡遺留下來的肉和魚，再抬頭問已經站起來的兒子。

「嗯，我吃飽了。之前有吃了一些桃子。」

「桃子還不到可以吃的季節吧？」

「是香味啦。青色果子的香味還積在我肚子裡。」

拋下一臉訝異的母親，城田離開了飯廳，走上樓梯，進入二樓的房間裡。自從城田辭去農業協同合作社的工作之後，母親就很沒有精神。只有一個母親跟一個兒子，雖然有很多事都不想讓她操心，但是，從這裡搭車子和電車就可以到的村子和小鎮上，也眞的都沒有讓人滿意的工作。

爲什麼要把農業協同合作社的工作辭掉呢？有的時候，自己也會這麼想著。

剛開始上班的時候，覺得職場是天國。周圍的氣氛都很悠閒，時間也流動得很慢。就算工作上出了差錯，也不會被打或是被踢。更何況還有錢可以領，比起來，出社會實在是太輕鬆了。他鍛練身體和精神的方式和別人不一樣，所以精神特別好，體會過死亡的恐懼的自己，搞不好是格外能夠輕視社會的人。

這種想法眞是個笑話。

連這種微不足道的事都忍耐不了。被人厭惡、被孤立、沒有人要給他事做的屈辱，這些事情他連一刻也無法再忍受。心靈上感到淒慘且變得退縮，連要落狠話的力氣都沒有，就垂頭喪氣地從職場上退出，捲著失敗的尾巴從社會的第一線逃走了。

城田躺在床上。

母親到老人院去煮飯和縫補衣服，賺錢將城田養大，沒有買過任何東西給城田，也沒有帶他到哪裡去過，他都看電視，每次看到紛雜的都會街道都會看得出神，他覺得他對東京的憧憬比其他人還要強上一倍。父親在城田還小的時候，就因爲感冒老是醫不好，一下子就過世了。父親留下了約有二百萬日圓的遺產，到他上高中後，才知道那些錢都還沒有動過，母親也把這筆錢當做是城田的教育基金。他住進便宜的宿舍，學費靠打工來塡補，就這麼去考了S大學。他看了公佈出來的合格者名單後，決定要住進「木村宿舍」，但很不幸的，這裡是空手道社的大本營。

在S大學裡，少林拳法十分盛行，而空手道社從發展到現在也才不過只有十年的歷史而已。沒有人知道空手道社是從什麼時候開始落實「暴力支配」。二年級的時候，他曾經和其他大學的空手道社的人說過社上的內幕，城田坦白地說了之後，某個人淡淡地說「大家都一樣啦」，但是其他人臉上卻顯出「這是眞的嗎」的表情。

城田那一期是「第十二期」，共有二十三人入社，其中後來十七人放棄。體力不足或是軟弱的人，都在第一週就離開了；有空手道經驗的也全部都走了；也有的人說這裡並不是學習武道的地方，而轉往學校以外的空手道場學習。就連這些硬派的退社者，社上的學長也伺機對付他們，最後他們就從大學校園裡消失了。這些都是因爲那些已經畢業的學長，對三年級的幹部施壓，要他們不能放過那些退社的人。

社團第一屆的統制長戶所，和第二屆的副統制長三河，這二個人是毒瘤。戶所有一個做大樓出租業的父親，是在富裕家庭中長大的兒子，畢業之後也住在離大學很近的大樓裡，想到時就會到道場來晃晃。已經畢業的學長一現身，道場的氣氛就爲之一變，更何況戶所是被當作像「神」一樣崇拜的第一屆社團幹部，幹部們都格外緊張，在這種情況下，對下面人的指導也變得極爲粗暴，嚴峻的程度簡直可與軍隊匹敵。爲了表示打倒其他社團的傳統現今依然存在著，幹部們都積極爭取戶所的信任。

戶所來道場，是爲了把這裡變成修羅場，他也相當樂在其中。城田是這麼想的。第一次被戶所踢的時候，那恐怖的心理和不講理的態度至今仍無法忘懷。連話都沒有說、也沒有反抗能力的人，就只因爲是社團裡的學弟，他的腳就毫不留情地朝腹部踢過來，要讓人把胃裡的東西全都吐出來爲止。城田對他那種令人厭惡、而且無法理解的精神狀態感到恐懼，同時也一直詛咒著他。

三河的兇狠程度，搞不好比起戶所是有過之而無不及。他來道場是爲了解悶，從S大學畢業之後，他雖然在中堅的建設公司裡上班，但是在同一期進公司的人裡，他是最晚升遷的，現在還是個連升組長都沒什麼希望的沒用職員，這些都是從當時的二年級生那裡聽來的。穿著漿過的道服，很開心地踢著後輩社員，他那種討人厭的表情，總是無法從視網膜上消去。其他正經的畢業學長，會出現的次數其實很少，造成這個的原因，現在回想起來，也許是因爲那一年夏天所發生的悲劇。

海邊的合宿所。在那個距離只有僅僅三百公尺之遠的另一間民宿裡，八個已經畢業的學長以「迷你露營」的名義住在那裡。不知道他們是什麼時候出現的，三年級的幹部們個個都心驚膽戰。果然，第七天的深夜裡，學長們就來到合宿所，不過其實只有戶所和三河，其他六個人都因爲工作或其他的理由而回去了。他們可能也不想帶給學弟們心理上的影響吧。

但是，雖然出現的只有「雙璧」而已，帶給幹部的緊張感卻很強烈。想要把好的一面表現給學長看，來討好學長的，就是擁有夜襲的主導權、且有「惡魔」之稱的詰問統制長。本來夜襲只預計在合宿的第一天、第三天和第六天晚上，總共三次而已，但是在十三天合宿正中間的第七天，身心的疲勞都已經到達了頂點，而且前一天晚上才剛夜襲過而已，因此要在這一天夜襲，幹部的內心都很猶豫。

不過，詰問下令了。

阿悟——相馬悟是第十二期社員的六人之中最弱的，從二天前就沒有人聽他開口說過話，掉了皮的腳底也流出血來，變成紅色的，穿短布襪也沒有辦法舒緩。在海水裡揮正拳一千次，浪潮牽引著水中的沙，這不是他那雙腳所能忍受得住的。

他一定有好幾次都失去平衡，然後就被踢，並且被壓到海裡去。

耗盡了力氣，相馬悟於是就被波浪吞噬。

城田下了床，心裡很不平靜地在房間中踱步，最後又回到床上坐著，雙手抱著頭。

不久之後，相馬的屍體被拖上岸。他是溺死的。所有人被命令回到合宿所去，在那裡佐田主將宣布合宿活動中止。接著，詫間說，不可以給戶所和三河這二個學長添麻煩，所以就算警方來問話，也不能夠把他們一起來參與合宿的事情給說出去——

每個人都守口如瓶。也還好，警方問話的時候也只問些無關痛癢的話。那時也才知道，原來社上掛名指導顧問的教授，其實是刑法的權威，所以雖然報紙和電視上都大肆播放，但是從主將的佐田開始，所有的幹部都沒有負上刑事責任。可是，如果那個時候，把已經是社會人士的學長們一起來夜襲、並且在海中數度對相馬施暴的事情說給警方聽的話，搞不好事情也許就會不同了。

爲什麼那時候沒有跟警察說眞話呢？在過了很久之後，城田才認眞地思考這個問題。是因爲懼怕戶所和三河。萬一說出去了，不知道詫間會用什麼手段來報復。

不過……不對。

並不是因爲這樣才沒有說出去。

當耳朵聽到宣佈合宿中止時，那個喜悅是無與倫比的。歡喜、狂喜，以及超越這些情緒的興奮，是城田以前從未感受到的。就在合宿所裡，旁邊的房間中，相馬的屍體正躺在棺材裡面，但是喜悅的心情卻不可遏止地湧上來，光是要穩住表情就很不容易了。

好想合掌叩拜把他們從人間地獄解放出來的佐田主將，以及詫間和那些幹部們。這一點都不誇張，當時他們看起來眞的就像神佛一樣，所以當詫間說要包庇那些學長的時候，也毫不抗拒就答應了。只要能回家，不管要做什麼約定都可以。

那個時候，自己的臉上到底是什麼樣的表情呢？

強忍著笑意的表情嗎？

戶所、三河、詫間三個人，害死了相馬悟。用憎惡的利刃指著他們的時候，那把利刃會變得更加鋒利，且深深刺入自己的胸中。

S大學的空手道社被大學官方強制休社一年，缺少了相馬，僅剩五人的第十二期社員還是全部都留下來了。雖然說可以自由退社，但是對於同期加入的人來說，這是爲了撫慰相馬的在天之靈。社團再次開始營運之後，根據大學官方的命令，由校友會來指揮運作。沒有再見到戶所和三河，社團也變民主化了。第十二期的五個社員都通過了升段考試，得到黑帶。在學長的輔佐下，雖然他們也會指導學弟，但是他們沒有當幹部，等到升上四年級之後，也就因爲參加就業活動而引退了。

他們五個人，從來就沒有正面談論過「那天晚上」的事。曾經好幾次都有人想提起，不過，終究沒有結果。

畢業之後，城田就和社團斷了關係。

他連校友會的會費都曾經缺繳一次，因爲不管是大學還是道場，他都不會在去了。他也開始疏遠同期入社的人，因爲如果看到他們，就會想起那一天的事情；可以在彼此的臉上，看到那一天強壓著笑意的表情。所以他避開他們，一年只有一次或二次，有人會因爲事務上需要而打電話來連絡，城田在S大學空手道社第十二期社員的名單上，已經是名存實亡了。

但是，中午石倉打來的電話，很明顯地就已經超出事務連絡的範疇了。

相馬的父母想要知道他死亡的眞相——

心情很紊亂。事情搞不好會變得很麻煩。事到如今，要向相馬的父母老實說出戶所和三河的惡行是很困難的一件事。爲什麼當時不講呢？萬一他們這樣質問的話，實在是答不出來。

不過……

這樣下去好嗎？

心中絕對不是沒有疙瘩。不如說，這十二年來，在心底深處的疙瘩一直都在持續擴大著。

城田從床上起來，坐在椅子上打開抽屜，他翻著裡面亂七八糟的紙張，找到一張沒有事先告知就搶拍大家的相片，這是以道場的神龕爲背景，六個一年級生爲主角的紀念照。是剛入社不久拍的，還穿著純白的道服和純白的帶子，牙齒也很白。每個人的笑容看起來都很天眞。

最右邊的是阿悟……相馬悟。

斜肩的瘦弱身體，看起來就像是個中學生的體型。雖然個性確實很沉穩安靜，但是一喝了酒之後，說的話題都是電視卡通，或是偶像歌手之類的，而且說得口沫橫飛。沒錯，他絕對不是個不愛說話的人。

城田在他旁邊。下巴往前突出去，看起來有一點點不良少年的感覺。雖然是被宿舍的學長強迫加入社團，但是在心裡的某處，他還是有想要變強的欲望。

姓安岡的大額頭，跟他的綽號一樣，他寬大的額頭又黑又亮。他一入社之後，就贏了地區的比賽。他本來決定要加入職業摔角愛好會的，不過因爲有一點興趣所以來看看，來道場看過之後就被迫蓋了姆指印。他是一個懦弱的人，而且也很會演戲，就算沒有被學長踢到胸口，也會在地上打滾，趁機休息十秒或二十秒。

要說到身材魁梧，阿豐也不遑多讓。久本豐，很愛講道理，而且也很容易生氣。說朋友的壞話會愈說愈激動，而且一點也不忌諱，他也是一個愛掉眼淚的人，隨便一個灑狗血的連續劇就可以讓他哭。

高節是一個過份認眞的人，平常大家都叫他小節，這是他自己取的綽號。從加入社團之後，就發下豪語，說要以日本第一爲目標，也因爲這樣，他在練習時比任何人都要熱衷。不過，因爲他手腳不靈光，所以技巧一直無法進步，那次夏季合宿時，除了相馬，就是他被幹部踢最多下了。

「會被殺……」

那天晚上，高節在口中自言自語的不吉利的話，至今仍猶在耳。

今天打電話來的石頭，也就是石倉，雙手抱著胳膊站在最左邊。他長得很高，看起來是個硬派的男子，不過非常地虛有其表，只要他一開口，就只會發牢騷跟抱怨。雖然覺得他應該馬上就會退社了，但是因爲他經營不動產業的父親是個眞正的硬漢，一旦加入了，要是中途退出的話就要斷絕父子關係，所以他每次根本就是一邊哭一邊練習。

城田嘆了一口氣，把照片放在桌上。大家以前都是很好的人，如果不是在空手道社，而是在別的地方遇到他們的話……

「輝正。」

發出聲音的同時門也打開了，母親的臉出現在門口，手上拿著子母電話的子機。他猜想大概是同期社員的某個人也打電話來了。

「是一個叫久本的先生打來的，他是你在農業協同合作社的朋友嗎？」

不是母親的記憶衰退了，而是他在家裡幾乎都沒有提過空手道社上的人的名字。

「是大學時的朋友。」

沒有音律起伏地說著，城田把子機拿過來。

〈嗨，阿輝，好久不見了。記得我嗎？〉

「是阿豐吧。」

〈已經八年沒見了。畢業之後就一直沒有機會見面。最近還好嗎？〉

「還好啦。你呢？我聽說你在賣墓碑。」

〈不景氣應該影響不到我，不過最近也不太好。〉

久本像是吐般地說著。跟白天石倉打電話來拜訪時一樣，他連一點懷念的感覺都沒有。

城田的聲音稍微冷靜了一點。

「是阿悟的事吧？」

〈沒錯。聚會的時間是下下週，你會來嗎？〉

「嗯，我會去。」

〈不過啊，搞不好會有鬼魂來喔，畢竟都已經過了十二年了。〉

眞討厭的譬喻，說得好像相馬會變成鬼魂過來一樣。

「石頭他說，阿悟的媽媽該不會已經從某個人那裡聽到戶所他們的事情了吧。」

〈眞不想要想起這個名字。戶所、三河、惡魔詑間。〉

「你認爲會是誰跟他媽媽說的？」

〈誰知道。不過，這麼說過的好像只有石倉而已？〉

稱呼跟平常不一樣。不是說石頭而是石倉。

「你說的是什麼意思？」

〈因爲啊，你不覺得奇怪嗎？爲什麼相馬的媽媽要先直接打電話給石倉呢？阿悟跟石倉並沒有那麼要好吧？平常跟阿悟比較好的是大額頭才對，大額頭甚至有到阿悟的老家去借住過呢！〉

經他這麼一說，似乎的確是這麼回事。

但是——

「你啊，到底想說什麼？」

〈眞是的……〉

出現猶豫的空白。接著，久本很快用輕鬆的聲音說道。

〈其實我一直在想，阿悟也許不是被沖走的，會不會有可能是自殺呢？〉

子機差點從手上掉下來。

相馬自殺，這一點他從來都沒有想過。

「你爲什麼會這麼想？」

〈在阿悟那種狀態下，什麼時候自殺都不令人意外，不是嗎？〉

「照你這樣說的話，大家當時的精神狀況不是都差不多嗎？石頭跟小節感覺上也是很危險。」

〈不，最危險的應該還是阿悟。而且啊，不是道服跟白帶都漂在海面上嗎？道服還有可能會自己脫落，但是，腰帶會鬆開嗎？〉

城田想了一下。

「如果一直被狠狠踢的話是有可能解開的。」

〈那是海耶，腰帶浸水之後，結會變得更緊，我認爲是不可能那麼簡單就解開的。〉

「那，你認爲是阿悟自己把道服給脫了，腰帶也解開了然後自殺的嗎？」

〈沒錯。〉

「他幹嘛要脫衣服？」

〈那個時候，那些不是我們最想要丟掉的東西嗎？道服和腰帶，我才不想穿著那種東西去死咧！〉

城田不禁點了點頭。

「但是，就算阿悟是自殺的，這又跟石頭的話又什麼關係？」

〈你回想看看，道服和腰帶是漂在哪裡？不就是阿悟旁邊的石倉所站的位置的正前方嗎？〉

終於，他了解久本在想什麼了。

石倉注意到相馬自殺了，但是卻決定假裝沒有看見。

只要有人死了，揮拳一千下就可以結束了，合宿應該也沒辦法再繼續下去了吧。因爲期待著這樣的結果，而放任阿悟自殺——

久本好像從很早之前就在懷疑石倉了，所以，當他聽到相馬的母親最先打電話給石倉時，他就想到了。

其實，相馬的父母想要問話的對象，搞不好只有石倉而已。

城田的心中燃起對久本的怒火。

「那時候很暗很暗耶！根本就看不到道服跟腰帶吧！」

〈那可是白色的，白白的飄浮在黑黑的海上。〉

「雖然我是在鄉下長大的，可是那麼漆黑的夜晚我還是第一次看到呢！手電筒也關了，又沒有月亮還是星星。」

〈星星並不是連一顆都沒有。〉

「要是石頭看得見的話，在正前方的主將不也應該看得見嗎？」

〈那離主將有點距離。〉

「所以你到底是想怎樣？站在石頭旁邊的你——」

說了之後，感覺好像有東西順著背部往上爬。

該不會，其實是久本？注意到相馬想要自殺的人——

〈有沒有往旁邊看嗎？〉

「……」

〈喂，阿輝。我們那時候有那個膽去看旁邊嗎？喂，你有在聽嗎？〉

久本的聲音失去冷靜。

掛了電話之後，城田久久沒有動作。

不明白。

距離那次的夏季合宿到現在已經過了十二年，相馬的母親想知道的到底是什麼呢？到底是誰跟相馬的母親說了些什麼呢？

5

二個星期之後，城田搭上往東京的新幹線。

石倉訂的地點，是在上野站附近的中華餐館。他遲了半小時，在七點半的時候抵達餐廳，被服務生帶去的包廂裡，石倉和安岡已經坐在裡面了。

「嗨！阿輝，你好慢喔！」

石倉很高興地舉起手。

旁邊的安岡臨時露出一個笑容，好久不見，他只說這幾個字。雖然大額頭這個綽號源起的額頭還是一樣有魄力，但整體都變得很有都市人的味道，看起來就是都會裡大飯店的人。

二個人的臉都紅紅的，圓桌上有小菜的碟子和紹興酒。

城田像是要包夾石倉似地坐下。

「阿豐跟小節呢？」

「還沒到。」

「他們有說會來嗎？」

「嗯，不過，可能會稍微遲到一下吧，畢竟他們住得比較遠。」

高節住仙台，久本住在金澤。

也許久本不會來了。城田有這種感覺。高節他就不太清楚了，因爲從畢業之後，幾乎就音訊全無。他只知道高節的個性本來就認眞到過了頭，大概會一直拘泥著「那一夜」的事情，一直不斷煩惱著吧？

城田也喝了紹興酒。

「該不會結果只有我們三個吧？石頭結婚的時候，阿豐和小節也一樣沒有來。」

「小節好像也結婚了喔。」

安岡說。

城田和石倉面面相覷。他們第一次聽到這件事。

「你們知道有一個打美式足球、叫做大崎的人嗎？那傢伙的家離高節家的超市很近。最近我打電話給他，他說高節跟當地一個大他三歲的女生結婚了。」

「喔──」

石倉一臉落寞地說。

「他都沒有發喜帖給我們……小節這傢伙，到底是怎麼啦？」

「算了啦。比起這個，我們差不多也該進入主題了。」

城田說了之後，石倉撇了撇嘴。

「再多等一下子嘛，如果不等五個人都到齊了再說，就沒有意義了。」

「又不知道他們到底會不會來，就我們三個來商量吧！等他們二個來了再跟他們說就好了。」

「我知道了。那，就由先提出的阿輝來講吧！要怎麼跟阿悟的父母說呢？」

城田的手指在桌上交叉著。

「在那之前我有事想問你我。你們有想過，阿悟有可能是自殺的嗎？」

「自、自殺……？」

石倉的眼睛圓睜著，沒有害怕的神色。久本的推測錯了。

「阿輝你是這麼想的嗎？」

「雖然我沒有這麼想，但是也是有這種可能性存在，畢竟阿悟那時已經很吃不消了。大額頭，你覺得呢？你是跟阿悟感情最好的。」

「這種事情，我不知道。」

安岡退回他的問題。

「在那次的合宿裡面，光是自己的事情就已經精疲力盡了，老實說，我根本沒有空去管阿悟的心情。」

「半夜的時候阿悟有到廁所去嘛，你那時候不是有問他好幾次，到底要去哪裡嗎？」

「嗯，我有問。」

「你那時在想什麼？」

「我在想，他該不會要逃走了吧？阿輝你應該也是這麼想的吧？」

「我的確這麼想——就這樣而已嗎？」

「好吧，那我說了。我也想他會不會是要自殺，可能是去廁所裡面上吊之類的。我那時有點擔心。」

第一次聽到安岡的眞心話。

城田繼續說著。

「他當時的樣子的確是有點奇怪，而且又已經兩天都沒有開口過了。」

「你說錯了吧？」

安岡強烈反駁。

「說錯了……？哪邊說錯了？」

「那小子本來就是那樣的不是嗎？是我們自己沒有去跟他講話的吧？因爲那傢伙在按摩和掃浴場的時候一直出錯，我們負連帶責任，一起被踢了好幾次。」

痛覺又回到了胸口。也許眞的是這樣。是他們疏遠了相馬，如果這個笨蛋不在就好了。當時的確曾這麼想過。

安岡把玻璃杯拿近嘴邊，靜靜地說道。

「要是阿悟眞的是自殺的，不只是跟上面有關係而已，我認爲我們幾個也有責任。」

場面變得很安靜。石倉輕咬著嘴唇，點了好幾次頭。

過一會兒後，城田開口說道。

「這些還是都說出去比較好。說給阿悟的父母聽。」

安岡睜開眼睛。

「……要說嗎？」

「你心裡也打算這麼做吧？」

安岡在眼前搖了搖手。

「並沒有。我沒有打算把這些說出去。如果他是自殺的，那我們不就有責任了。不過，那是一件意外。」

「阿輝——」

石倉插嘴進來。

「先不管他到底是自殺的還是怎麼樣，學長的事情怎麼辦？那二個人也有來夜襲的事情，你覺得應該要告訴阿悟的爸媽嗎？」

「嗯，我覺得說會比較好。」

說出來之後，本來就已經決心要說的城田心中更覺踏實。他之前一直猶疑不定。

「嗯，我也贊成阿輝的看法。再這樣下去，阿悟會死不瞑目的。不能放過戶所和三河，對我們為所欲為，等到我們有危險時第一個逃走。就連在阿悟的葬禮上都沒有看到人影，真的是爛人。」

「你們等一下。」

安岡很快插話進來。

「我反對，不能跟阿悟的父母說。現在才說實話已經沒有意義了吧？都已經是過去的事了。」

「那，你是說要放過那些傢伙了嗎？」

「跟這個沒有關係吧？饒了我吧，我現在在飯店裡做得還不錯，不想和這種事情有任何牽扯。拜託你們。」

安岡擺出請求的姿勢，接著噘起嘴說道。

「那可是空手道社耶，對人粗暴是當然的吧？責怪任何人都沒有意義，沒有人是有惡意的。該責怪的對象是海。就這樣說吧，這樣說就好了，因爲不管做什麼，阿悟都不會回來了啊！」

「大額頭，你眞的跟阿悟感情很好嗎？」

石倉斜眼看他，安岡也不認輸地看回去。

「你們也夠了吧！石頭，我眞的很不想說你，但是你每次都搖擺不定。好討厭夜襲喔，好想回家喔，你不是一直這樣想的嗎？你明明就只想著自己的事，從來都沒有擔心過阿悟！」

「我承認。所以現在——」

「現在？對喔，你現在繼承了老爸給你的房屋仲介店，過著舒服安穩的日子，所以就跳出來裝得一副自告奮勇的模樣。我是領死薪水的人，要是在飯店裡出現了莫名其妙的傳言的話我就混不下去了！」

「大額頭——」

城田開口，想插進來打圓場。

「幹嘛？」

「爲了我們幾個好，還是要對阿悟的父母說一下。我是這麼認爲的。」

「怎麼說？」

「你在聽到因爲阿悟死了，所以合宿必須中止的時候，心裡是怎麼想的？」

安岡的視線移開了。

「就算你這麼問我……」

「我當時很高興，我有生以來從來沒有那麼高興過。但是，這個心情之後卻如芒刺在背，不過它遲早會被拔掉。我是這麼想的。可是，結果呢？拔不掉。五年過去了、十年過去了，就是拔不掉，相反的，我覺得它比以前刺得還要更深。如果再這樣不管它，有一天我們一定會崩潰。」

第一次，這是第一次講出自己的眞心話。

安岡看著天空。

「……我不會崩潰。」

「會的，所以現在就把它拔掉比較好。要是現在不拔掉它，一輩子都拔不掉了。」

「……」

「我也很想拔掉……」

石倉喃喃地說著。

「喏，大額頭，就這麼辦吧。」

「……」

「大額頭——」

安岡看了看城田和石倉，眼神很憤怒。

「不要。首先，阿悟的父母並不會因此而高興吧。這只是我們一廂情願的想法而已，而且這樣做會傷害到對方。現在說出實話的話，不就代表了，我們長年以來都在說謊欺騙他們嗎？自己的兒子死了，他的朋友們在葬禮上哭泣，這些事情全都是在做戲，你們是想跟他們這麼說嗎？」

「我認爲不會是這樣。果然還是——」

就在石倉正要開始說話的時候。

「上菜囉。」

三人轉頭看向聲音來源。

高頭大馬的久本豐，站在包廂的門口。

「阿豐——」

沒有回應城田的招呼，久本怒目瞪著石倉。

「唬濫得跟眞的一樣。你到底想怎樣！」

「喂，你剛來就說這什麼話啊？」

城田慌張地說，久本把漲紅的臉轉向他。

「阿輝，大額頭，你們都被他耍了，被這個大騙子耍了！剛才我假裝要問第十三回忌日的事情，打電話到阿悟家去，順便問說下個月是有打算要來東京嗎，結果他媽媽說，根本就沒有這回事！」

石倉一動也不動。

什麼……？

城田張大了眼看著石倉。

「石頭，這是眞的嗎？」

石倉低著頭，沒有回答地默認了。

「爲什麼……？」

聲音裡籠罩著怒氣。

石倉的肩膀微微顫抖著。他開口說。

「……因爲我想把大家都招集起來……」

「你說什麼？」

「一次也好，我想把我們五個人都招集起來，我想，不這樣說的話大家是不會來的。」

「別開玩笑了！」

久本怒吼著說。

「我們幾個才不像你那麼閒咧！哪像你那麼好，什麼都不用做就會有錢進口袋！」

「已經破產了……」

眼淚滴下來，石倉接著說。

「我爸死了之後就破產了，因爲我不知道他有跟人家借錢。我家被查封了，老婆也跑了，連九個月大的女兒也不讓我探望。我，眞的是一無所有了……」

石倉低著頭說。

「我是住在便宜的旅館再走過來的。在狹窄的房間裡，一個人睡覺的時候，腦海中浮現的是你們大家的臉。好懷念。雖然我當時發了一堆牢騷，但是從來沒有那麼拼命過。這是我唯一自豪的事了。所以，我好想看看大家。要是沒有合宿，那天晚上發生的事……要是沒有發生那種事的話……我這麼想的時候……對不起。」

嘆了幾口沉重的氣。

一時之間，誰都沒有開口。

城田輕輕拍了拍石倉的肩膀，並緊緊地握住他的肩頭。久本愣愣地坐了下來。「今天就乾了吧」，安岡這麼說著，拿起玻璃杯大口喝著。

有一支手機響了，每個人都伸手進口袋或包包裡找著。響的是石倉的手機。

「咦？」

接了電話之後，石倉的臉色陡地一變。

「死了……怎、怎麼會……」

三人的視線和耳朵都朝向石倉的方向。

死了……？

「是誰死了？」

城田問道。

「是小節……」

石倉的手禁不住地抖著，手機掉落到桌子上面。

城田猛然把手機拿過來。

「喂喂──喂喂──」

〈……是……〉

女子的聲音，她在哭。是高節的妻子嗎？

〈……我本來以爲他是去找你們。可是……他沒有去。他在倉庫裡……〉

城田說不出話來。

〈他有留遺書給你們……抱歉，請原諒我。我這個人，到底做了什麼？你們又做了什麼？請告訴我，到底發生了什麼事？我要去見阿悟了，要到那個世界去向他叩首致歉。我不懂，我什麼都不知道……〉

6

暴曬在盛夏的陽光之下。

現在採收的桃子是中生品種的「昭和白桃」。今年從梅雨季開始就持續不斷的連日高溫，就這麼一直到酷暑時期，桃子以驚人的速度成長，不管是哪一個品種，採收的時間都比以往還要早上十天以上。因爲桃子的成熟期重疊的緣故，採收工作忙得連眨眼的時間都沒有。

「來吃中飯吧！」

「是。」

「吃快一點，到天黑之前一定要趕著裝箱才行。」

「我知道了。」

城田跟在叔父後面走著，坐在長椅上。

他從工作褲的口袋裡拿出一個塑膠袋，裡面有他的手機。汗水會腐臭，也會把機器弄壞，之前那支手機就是這樣報銷的。

城田一邊吃著飯團，一邊單手查看手機裡的簡訊。

「你還挺喜歡用手機的嘛？」

「嗯。」

「要不要去那種的公司面試看看？」

「我會考慮。」

有一通簡訊，是安岡傳來的。

〈若是在八月下旬的話我可以去。〉

安岡終於也下決心了。

城田馬上就發簡訊給石倉。

〈大額頭說他也要去阿悟家。石頭你呢？〉

他沒有期待回音。他只是想讓石倉知道，還有人要跟他連絡。

不要死。他只是想傳達這個信念給石倉。

城田喝著麥茶。

他不知道高節自殺的理由。

〈喔斯！我這個人最喜歡夜襲了！〉

在那次夏季合宿中最崩潰的，也許不是相馬，而是高節。

〈會被殺……〉

那也許是高節的哀號。爲了要讓自己活下來，在漆黑的夜裡，把相馬壓進海中，讓他溺斃——

他從未向任何人說過這一個推論。高節是那麼認眞過頭的一個人，搞不好他是因爲相馬的死、長年以來不斷地自責著也不一定。沒有鼓勵相馬的罪、沒有保護相馬免受折磨的罪、因爲合宿中止而高興的罪，還是說，高節他，其實早就察覺到相馬有自殺的意圖了。

城田不知道眞相爲何，但是他明白高節會自殺的動機。

相馬的母親想要知道相馬死時事情的眞相——

石倉在電話裡講的這一句話，這一句謊言，直接擊中了高節心中的「罪孽」。

從那之後，就沒有石倉的消息了。連打手機過去都沒人接。

在高節的葬禮之後，大家在車站話別時，久本小聲地說。

之後只能用簡訊跟他連絡了——

他們一直都實行著，城田、久本、安岡，三個人持續不斷的輪流傳簡訊到石倉的手機裡。

「好了，幹活吧！」

「是。」

他才剛站起來，就收到簡訊了。

他睜大了眼睛。

〈我也想去。〉

是石倉傳來了。

城田急忙地打了簡訊回傳回去，再把手機放入塑膠袋裡收好。

他追著叔父的背影。

像是要飛起來一般地跑著。

寄託了思念的簡潔短訊，也同樣在天空中飛馳。

〈一起去吧！Ｓ大學空手道社第十二期社員所有人一起去！〉

别人的家。

1

假日的早晨，貝原英治在五點時就起床出門了。

雖然才睡不到二個小時，但是今天早上也要遵守跟自己的約定。

他戴上了工作手套，拿了半透明的塑膠袋和園藝用的三件式小型工具組，走出公寓。

在昏暗的天色下，他在沿著溝渠所鋪設的散步步道上走著，撿拾路上的空罐子、煙屁股，以及狗屎，他自動自發地清掃大約五根電線桿的距離，以做爲贖罪。不只有他一個人而已，他的妻子映子也跟在旁邊。

「親愛的……」

她耳語般地說。臉上沒有施半點脂粉，很明顯的可以看出不安的表情。

「要搬到哪去呢？」

「這個嘛……」

貝原沒有直接回答，視線回到拿著垃圾袋的手上。

昨天很晚的時候，房東坂本打電話來，單方面這麼說著，希望他們能夠在一個星期以內就搬出這一棟公寓。

「今天我再跟房東說看看。」

貝原說了之後，映子正在動著的手停了下來。別這麼做比較好，只會留下不好的印象。她蹙起的眉似乎這麼說著。

有前科的事情被發現了。有可能是因爲這樣，所以貝原想把注意力從現實中逃開一些些都不行。房東的通知來的太突然了。他們從隔壁的Y縣搬到這個鎭上來，平安無事地住了半年，夫妻倆都在小鋼珠店工作，身邊沒有刑警，也沒有發現有知道他們過去的人，但是爲什麼突然間……

果然，是因爲「貝原」這個在K縣很少見的姓氏的緣故嗎？

「總之先去跟他談談看，如果能夠好好地跟他說，他應該也可以理解的。他之前對我們都還很好的不是嗎？至少我認爲他不是壞人。」

「可是，他不是很快就掛電話了嗎？」

「那是因爲已經很晚了。」

「會在那麼晚的時候打電話過來，我認爲就是已經沒得談了。」

跟晚上爭論時說的一樣。

「親愛的，我們還是默默地搬走好了。我不想再聽到別人說的難聽話了，只要拜託秋田老師，就可以搬到新的地方去了吧？」

映子靠在他身上說道。

「嗯……可是，我們已經給老師添太多麻煩了……」

貝原嘆著氣說。

秋田公男，是貝原和映子中學時的恩師，家中兼營農業，所以當貝原出獄之後還沒找到工作時，就叫他到田裡去幫忙。能夠住進現在這間公寓，也是因爲秋田當他們的保證人的關係。

可是，當秋田要在保證人那一欄蓋章的時候，貝原永遠忘不了他那僵硬的表情。

貝原沒有跟映子說，唯一站在他們那邊的秋田，其實也並非打從心底相信貝原。這個他不小心發現的事，實在是很難傳達給映子知道。

貝原伸了個懶腰，把塑膠袋裡的垃圾弄平。小腿肚很緊繃，昨天在小鋼珠店的櫃檯一直站到晚上十點關店爲止。他忽然看到映子的腳踝上貼著膚色的貼布，她做的是出納員，休息時間比貝原這個站大廳的還要少……

正當難過的情緒掠過胸口時，從背後傳來小狗撒嬌般的叫聲。

就算不回頭看，他也知道是「佐藤老人」來了。

雖然想要不爲人知、默默地清掃街道，卻在這麼一大清早遇到佐藤，要避開他的話，就只能用拿著手電筒的單手來撿垃圾了。

不過，已經在這裡跟他見過好幾次面，產生了親切感，而且這種喜歡跟晨間散步的人親近的老人，貝原也沒有避開他的理由。

「嗨，早安！」

佐藤跟平常一樣，用開朗的聲音向他打招呼。他雖然已經六十八歲了，但是外表看起來比實際年齡還要蒼老，白色的眉毛和落腮鬍因爲無血色的臉而顯得更爲醒目。映子擔心他是否身體哪裡不舒服，的確，因爲他們半年前第一次見到佐藤的時候，他的臉頰比現在還要有肉。聽說佐藤本來是造紙工廠的工人，妻子在二十幾年前就已經去世，現在獨居在距離這裡往南走約一公里處的舊房子裡。

貝原停下作業中的手，也禮貌地向他打招呼。映子也是一樣。在佐藤的腳邊，那隻罹患白內障的柴犬——太郎也虛弱地搖著尾巴。若把牠換算成人類年齡的話，太郎的年紀已經比佐藤還要老上一輪。

「貝原先生，今天早上似乎是我比較早唷！」

佐藤看著附近的電線桿，微笑著說。貝原也跟著他的視線看過去。

「眞的耶！好久沒有在第二根了。」

佐藤的記憶力好得驚人，個性上也可說是一絲不苟。這半年以來，從橫跨渠道的水泥橋開始算，到底會在第幾根電線桿遇到貝原夫妻，這個他都記得清清楚楚，到目前爲止，他們都差不多會在第四根電線桿的地方碰面。但是雖然晨間打掃的工作愈做愈上手，今天的進度卻只有以往的一半而已，這不是因爲佐藤早來了，而是他們夫妻太慢了。因爲心裡掛念著公寓的事，所以清掃工作進展緩慢。

跟平常一樣，佐藤沒有惡意地跟他們寒暄了約五分鐘。

對於現在還有這樣的年輕人感到感動。他看著貝原夫妻二人的眼神中，一直傳達出這樣的訊息。在一開始見到他們的時候，佐藤也這麼說過好幾次，已經三十四歲的貝原和映子只能相視苦笑。

「那麼，就下週再見吧！」

佐藤用滿懷期待的表情說著，牽起躺臥在地上休息的太郎繼續散步。

一陣難過的感覺突然覆蓋住胸口。

下星期就……

貝原咬住差點就要脫口而出的話。

不想離開這條街。映子似乎也有相同的想法。

目送著老人離去時纖細的背影，眼神中盡是淒涼。

2

早餐過後，貝原前往房東的家。

搭公車只要三站就到了，那是一間日式與西式折衷並存的二層樓建築，看起來很貴的樣子。門緊緊地關著，他按了門鈴之後，很快就聽到一個女子應答的聲音。是坂本的妻子。

〈請問是哪位？〉

「啊，抱歉一大早就來打擾。我是住在公寓一〇三號房的貝原。」

話還沒有說完，對方就驚慌失措地回說，請等一下。過了一會兒，就聽見坂本低沉的聲音。

〈有事嗎？〉

貝原感覺眼前一片漆黑。當人家發現他有前科時，都是這種聲音。但是，也因爲如此，就更不能不把事情清楚告訴他就回去。

「關於您昨晚打來的電話，我有些事情想要跟您談談。」

他恨自己如此諂媚的語氣。

〈我們沒什麼好談的。〉

坂本嚴厲地說。

「但是，您突然就要我們搬走，這樣我們很困擾。」

對講機裡傳來嘖的一聲。

「那個、坂本先生——」
〈什麼事？〉
「不會花您太多時間的，可以讓我跟您面對面談談嗎？」
〈沒有這個必要吧？〉
「可是，在契約上面不是寫，至少要在一個月前通知嗎？」
〈你是在威脅我嗎？〉
對方忽然冒出這一句話，讓貝原有些不知所措。
「沒有啊，您這樣說會讓人誤會。」
〈我要叫警察了喔！〉
「請、請您等一下！」
〈幹強盜勾當的人不可以住在我的公寓裡面！這樣會讓其他住戶恐慌，只會帶來一堆麻煩！〉
貝原不由得用雙手蓋住對講機，看了看四周。
他壓低了聲音。
「坂本先生，請你開門，多少聽我講——」
〈你回去吧！你聽好了，這星期還有很多時間，要是你在星期六時還沒有搬出去的話，我眞的會叫警察過去。〉

不容分說的聲音從手指間的空隙中鑽出，擴散在寧靜的住宅區裡。貝原的臉紅得發燙，好想快點從這個地方逃走。可是——

「你就算報警，警察也不會來的。我已經把罪刑都還清了！」

〈那些事會消失嗎？〉

坂本的語氣很粗暴。

〈你做的那些事情不會消失不見！只要上網路去查你的名字，你做的壞事全部都一目瞭然！〉

頭腦裡一片空白。

查我的名字？

網路上？

電腦，雖然沒有碰過，但是電視上一直熱烈地討論這個話題。

在上面有我的名字……爲什麼……？

「不好意思，我想請問一下，爲什麼我的事情會在網路上面……」

〈我怎麼知道，反正上面就是有。登在網路上，不就代表全世界都看得到了嗎？說夠了吧，夠了的話就快點給我搬出去！萬一我的公寓租不出去，你是要我們家靠什麼過活？你這種人簡直就是瘟神！跟傳染病一樣！趕快回去帶著你的家當到別的地方去！〉

無事可做，貝原坐在兒童公園裡生鏽了的鞦韆上，輕輕地搖著。

他需要時間讓頭腦冷靜下來。只要把坂本所說的話講一半給映子聽，就夠她哭上半天了。

3

瘟神……傳染病……

貝原緊緊咬住嘴唇。

就算被人這麼說，他還是連一句反駁的話都說不出來。他簡直沾染上了敗犬的本性；不，這也有可能是與生俱來的個性，只會附和別人、優柔寡斷，從以前父親就常常這麼說他。他的父親意外身亡後不久，貝原人生的齒輪就故障了。更正確的說法，是被大他四歲的哥哥高明和青梅竹馬的廣神給搞壞的。

母親在貝原高三的時候因病去世，在父親也去世之後，就只剩下單身的兄弟二個人住在G鎮上的家中。過沒多久，在貝原沒有注意到的時候，遺產全都不見了，應該要在鎮公所戶籍課埋首工作的高明，把那些錢全部投進紅豆期貨裡，不到二年的時間，自家的房子就遭到查封的命運。高明還挪用公所的錢，在一次突擊監查中被發現，受到私下處分。從那之後，他就再也沒有見過他哥哥了，也沒有收到任何消息。因爲高明也有向附近的流氓借錢，所以最後也只得捨棄故鄉他去。

所有的帳，都落在失去房子、開始獨自一人住在便宜公寓裡的貝原身上。當時他二十七歲，在當地的工商總會擔任外事人員，為了償還從天而降的四百多萬圓的債務就已經捉襟見肘了，但是他也沒有勇氣和上司商量這件事，只能一個人悶在心裡。

廣神正雄，這個人才是真正的瘟神。他像是看穿了貝原已經走投無路的內心，開始慫恿貝原跟他一起偷東西。

這件事帶著報復的意味。廣神繼承了家裡傳下來的一間小小便當店。在車站前面，有一間擁有最大賣場面積的超級市場開幕了，這間超級市場的老板把便當都委託給他們家做，看準這是擴張事業的大好時機，廣神向信用合作社貸了超過五百萬圓的金額，買了好幾台只要按一個按鍵就會自動炸好炸雞的機器、或是營業用的大型電鍋之類的東西。但是，做便當的委託卻輕易地被撤銷，沒有明確的立下契約，這是最讓廣神悔恨的事。聽說其他家好像暗地裡有給了超市老板不少錢的樣子，總而言之，在超市的熟食賣場裡面賣的是別家的便當。

廣神的計畫，就是從超市老板住家的二樓，把保險箱給偷出來。保險箱的大小大概就像中型的冰箱那麼大，重量大約是八十公斤，這些資訊都是從廣神在棒球社時的學弟那裡聽來的，那個學弟現在正在業餘木工店裡工作，據說曾經跟店長二個人一起把那個保險箱搬進二樓的儲藏室。超市老板每個星期六的晚上，都會跟妻子一起去學社交舞，就趁這個時候把保險箱偷出來，載運到廢車處理廠去，用瓦斯噴槍把門給切開。「裡面一定放了很多錢」、「搞不好店裡所有的錢都在裡面」、「保險箱很重，非得二個人搬不可」、「你現在正在為錢煩惱吧」、「偷來的錢一定會平分。怎樣，來幹吧」。廣神滔滔不絕地想要說服貝原。

猶豫到了最後，貝原答應了他的請求。廣神不斷灌輸他超市老板有多惡劣，使得他對於偷竊的罪惡感也漸漸變得稀薄。而且，貝原十分渴望能弄到錢，因爲他當時已經跟映子有了婚約，但是如果不把一直利滾利的債務給斬斷的話，不管他再怎麼想，要結婚也很難。

沒辦法拒絕廣神的要求，這也是一個束縛他的心理的強迫觀念。因爲廣神跟他住得很近，所以從小就每天都跟他一起玩到天黑才回家，他們是非常要好的朋友，貝原一直對這一點深信不疑，但是周遭的人好像不是這麼看待他們的。貝原是廣神的部下，對廣神唯命是從，是一個跟屁蟲。升上高中之後，貝原才赫然發覺身邊的人都是這麼看他的。在高中時，映子曾經跟廣神交往過一段時間。「昨晚我上了她」。廣神自豪地跟他說這句話時，貝原因爲受到太大的打擊，才看清楚自己眞正的心意，在自己心中橫行的狂暴感情，終於讓貝原和映子結合在一起。在這之後，他仍然對廣神言聽計從，即使是現在，在貝原心中的一隅，依舊被連自己都無法跨越的黑暗給包圍著。

如果拒絕的話，就會被廣神瞧不起，這一生也將無法得到映子。這種不正常的想法，搞不好才是他成爲共犯的眞正原因。

他們決定於星期二的晚上八點行動。貝原和廣神穿著連身的工作服，駕著一台架設著篷子的輕型卡車來到超市老板的家，他們悄悄把車停在後面的空地上，翻越圍牆進入屋子的庭院。要侵入主屋相當容易，他們從沒有上鎖的後門進入，跑上二樓，之後很快地就發現保險箱。在這期間，貝原的身體一直都微微地顫抖著。

二人抱住保險箱，搖搖晃晃地走下樓梯時，樓下傳來了聲響，是老板夫妻回來了。後來他們才知道，是因爲老板太太身體有點不舒服，所以舞蹈課上到一半就回來了。

看到小偷的老板放聲大叫，二人十分狼狽，身體的平衡也瓦解了。廣神把搬保險箱的手放開，貝原印象中也是如此，保險箱於是在樓梯上彈跳著滾下去，正好擊中站在樓梯下方的老板。本來只是單純的強盜罪，在這一瞬間，就變成了強盜傷害罪。

二人衝下樓梯。老板的頭上流出血來。瀕死。這一個詞彙從頭腦中冒出來。老板的妻子蹣跚地從客廳走出來，被廣神一拳撂倒在地。貝原正要從後門跑出去的時候，被殺氣騰騰的廣神叫住，二人一起把倒在地上的保險箱給搬起來，彼此都看了對方露齒微笑的臉，之後就把保險箱搬到屋外，把保險箱丟放上輕型卡車的貨艙裡。不過，他們沒能來得及走到廢車處理廠去，超市老板對面的住戶打一一〇報警說「對面好像有重物掉下來的聲音」。

手腕上銬著手銬的記憶復甦了，貝原不禁從鞦韆上站了起來。那種冰冷的感覺，和平常的不一樣。

貝原出了公園，朝向公寓的方向走去。若是再在公園待上五分鐘，貝原想，他可能就會看到一路哭著出來找他的映子了。

4

「怎麼樣呢？」

等貝原坐下之後，穿著圍裙的映子小聲地問道。

「果然是因爲那樣。」

貝原這麼說了之後，映子有氣無力地說，是喔。

「可是……他爲什麼會知道呢？又是因爲貝原這個姓嗎？」

「可能是吧。不過，我還是搞不太懂。他說什麼網路的，還有在電腦上打我的名字，就會看到我之前做的事情。」

映子的眼睛因驚訝而張大。

「在網路上？爲什麼你的名字會在上面？」

「所以我才搞不懂。也有可能是有人在惡作劇吧。」

「好過份……」

映子現在的表情像是快要哭出來的樣子。這種表情看過幾次了呢？

第一次看到的時候，是貝原因爲強盜傷害罪被起訴的第二天，出現在拘留所的映子帶著結婚登記申請書過來。在這裡蓋上章，然後我才可以去幫你請律師。貝原回答說，這種事情我辦不到。不對，當時因爲嗚咽擾亂了聲音，他只是不斷地搖著頭，沒有說話。

拒絕了三次，但是，在第四次的會面時，貝原接受了映子帶來的申請書。當時拘留的時間很長，孤單和恐懼侵蝕了他的內心，管他是自尊還是什麼的全部都拋棄掉，只能依靠映子。拿著蓋了章的結婚登記申請書，映子的微笑穿越了透明的隔板，他彷彿看到了女神或是阿彌陀如來。不用擔心，我父母也很贊成。她就連這種謊也說得很自然。

在法庭上，映子所僱用的私人律師發揮了力量，他把對貝原有力的好幾個情境證據一字排開，極力主張貝原是「共犯」。雖然最後被認定是共謀共同正犯，但是相對於廣神被判的十年徒刑來說，貝原的七年已經有較爲減少了。法官似乎確信貝原是廣神的「部下」。另外，從醫院出院的超市老板被警察逮捕一事，多少也影響了最後審判的結果。在保險箱中，發現了數量龐大的猥褻照片。他在街上付給女高中生錢，再用拍立得相機拍下她們猥褻行爲的照片。

貝原很用心地當個模範囚犯，五年後就假釋了，但是等待著他的現實卻是殘酷的。先逼進眼前的是映子父母要他們離婚的事。映子抱著被斷絕親子關係的覺悟，突如其來地跑到貝原住的公寓來。借助恩師秋田的幫忙，在刑期屆滿之前的二年中都在他那裡做事，之後二人就離開了自幼長大的Ｇ鎮。在鎮上所遭受到的白眼和暗地中傷比想像中還要厲害，想要到公司或團體裡找工作，只要報上名字就絕對不可能。稍一不留神，廣神被假釋回到鎮上這件事，也再度讓他恐懼。當時在樓梯上，到底是誰先把手從保險箱上移開？在法庭上，雙方的律師都指稱是對方，互不相讓，而貝原和廣神之間的關係，已經冷漠到在判決定案、二人在法庭上相見時也都不看對方。

他逃離Ｇ鎮的原因，也有部份是因爲這樣。雖然解脫的感覺無法測量，除此之外，「貝原」

在G鎮上是常見的姓氏，他有點擔心，不知別的鎮上的人對這個姓氏是否有印象，他雖然想，有一天要混到東京或大阪裡面去，但是映子的母親患有嚴重的腎臟疾病，爲了以防萬一，所以要到不用轉乘電車就可以到的地方，這也是爲什麼要選擇住在這個鎮上最大的原因。但是——現在也非離開這裡不可了。

「映子。」

「什麼事？」

「妳後悔嗎？」

映子淺淺笑了起來，站在廚房裡，交疊著手指。

這個問題他也問過好幾次。第一次問的時候，那時映子很認眞地大發脾氣，過幾天之後什麼也不說，對他充耳不聞；最近則只是平靜地笑一笑而已。

並不是懷疑映子的心情，只是在這種時候，還是沒辦法不問一下。映子受限於自己所說過的話，的確對貝原抱有贖罪的心態。就在貝原的案子發生的前不久，他坦白地說出哥哥高明欠的債已經累積到相當可觀的金額時，眞心話從她形狀漂亮的嘴唇中流瀉出來。

要讓我過普通的生活喔——

這一句話撼動了貝原，在貝原迷惘的背上推了一把，使他走向犯罪一途。映子生長在栽種仙客來的富裕農家中，身爲最小的女兒，她從來沒有受過束縛，現在卻在不斷的自責中渡過。

映子正在贖罪，所以，現在她才會在貝原的身旁。這樣一想，就更讓人無法忍受。沒有讓她過著普通的生活，而是像逃難一樣地搬出公寓，接著還要趕快找到安頓的地方。這樣的生活，究竟還要持續到什麼時候？映子會一路跟著，直到最後嗎？

貝原在映子沒有注意到的時候，無聲無息地嘆了一口氣。

不管怎麼樣，他認爲有必要先了解一下網路上面是怎麼回事。這房間裡沒有電腦，就算接了網路，也只聽過這個名字而已，實際上到底要怎麼用也不知道。映子說，會對電腦一知半解，是因爲電腦在世界上爆炸性地廣爲流傳開來的時候，正好是他在監獄服刑之時。

〈登在網路上，不就代表全世界都看得到了嗎？〉

一直很在意坂本所說的話。如果他所說的是眞的，那不管搬到什麼地方去，不就都會遇到一樣的情況了嗎？

貝原回頭。

「喂，映子。」

「什麼……？」

映子回應著，把打開的水龍頭關上。

「秋田老師有電腦嗎？」

「這個嘛……我想他應該沒有吧？因爲今年收到的賀年卡是他手寫的。」

「這樣子啊。」

「不過老師應該可以去問問別人吧？」

貝原點了點頭，伸出手要拿電話。心情好沉重。不只是電腦的事情而已，還得要再拜託老師當下一個公寓的保證人才行。有人跟他說，小鋼珠店的員工宿舍裡還有一個空房間，基於事態急迫，他有想過要趕著先搬到那裡去，但是映子一定會覺得很失望，因爲這樣一來，就非得和那些跟她合不來的出納小姐們住在同一棟建築物裡面了。

眞悲哀。果然還是只能拜託秋田當保證人。下定了小小的決心、開始撥電話號碼的時候，映子突然想到了什麼，說道。

「啊，要不要問佐藤先生？」

「咦？」

「就是佐藤老先生啊，他不是說他現在開始學用電腦了嗎？」

好像是大約二個月前散步的時候說的，當時看他的樣子就覺得好像很博學多聞。佐藤那時候被鎭上委託擔任鎭史編纂委員，又因爲編纂作業一定會用到電腦，所以他去參加了公民會館所開設的免費電腦教室。

但是……貝原的聲音降低了。

「那就必須要告訴他我們的事了。」

「我覺得跟他說也沒有關係。」

映子表情嚴肅地說。希望能有人站在這邊。本來以爲她要這麼說，結果不是。

「反正，我們也不會再見到他了……」

5

因爲聽佐藤講過好幾次了，所以大概知道他家在哪裡。

淡茶色的二層樓房子，座落在略微隆起的小山丘上，這間如他所描述的房子，門牌上寫著「佐藤」。雖然房屋的外觀看起來很具有西洋風味，但感覺上也和佐藤本身幽默的特質很搭。他說這是在他妻子過世前不久才蓋好的，所以也已經超過二十年了，也許曾經重新粉刷過吧，外觀看起來很漂亮。庭院十分寬廣，雜亂無章的樹影重疊的景象映入眼簾。

在面對著這個庭院的客廳中，貝原和佐藤面對面地坐在藤製的椅子上。

貝原說完了冗長的來龍去脈，交談就中止了。端出來的茶水也已經變冷。

「原來是這樣子啊……所以才會去撿垃圾。」

佐藤平靜地說著，鬆開了環抱著雙臂的手。

「哎，謝謝你跟我說這麼多。人到了這個年紀，最開心的就是這件事了。啊，抱歉，我不是在幸災樂禍。」

「不要緊。我太太也很喜歡您呢。」

「眞的很感謝——那麼，你的問題就是在電腦，是嗎？」

「您瞭解了嗎？」

「嗯，我大概可以想像得到。來吧，請往這邊走，屋裡面很亂。」

佐藤站起來，請貝原到隔壁的佛堂去。線香的味道飄入鼻子裡。

是爲了要編纂鎮史吧，爲數龐大的資料和書本滿滿地散落在榻榻米上面，在這些文件的正中央，一台奶油色的電腦就端坐在那裡。

佐藤沒有說什麼應酬話，就直接操作電腦，這些過程貝原都只能夠在一旁看著而已。

「啊，有了，是這個吧？」

貝原從旁邊湊過來看著螢幕，啊地叫了一聲。看起來像是新聞報導的一篇文章躍入眼中。

疑犯強盜傷害罪　二人逮捕

跟坂本說的一樣，七年前的新聞報導就這麼原封不動地呈現出來，除了貝原和廣神的名字以外，所做的一切壞事也都寫在上面。

「爲……爲什麼這個會……？」

貝原的聲音顫抖著。

「很簡單。現在看到的畫面是三縣報社的網頁，這上面有提供報導內容搜尋的服務，也就是說，只要在這裡用鍵盤輸入你的名字，跟這個名字有關的報導全部都會被叫出來。」

「輸入名字……？只要這樣就好……？」

「嗯，沒有錯。」

佐藤動了動手，畫面上就出現其他的報導。

犯案動機　是爲了報復與還債

二名嫌犯轉送地檢署偵訊

保險箱強盜案　初次開庭審理

被告廣神求處十年徒刑　被告貝原求處七年

後續報告、移送檢查署、初次公審、終局宣判。這些都只要幾秒的時間——不是有人在惡作劇，是報社爲了服務讀者，光明正大地擺出來的。

「房東應該也是這樣查到的吧。不知道他看到了什麼。最近一些企業在找人的時候，還有一些公寓招租的時候，都會像這樣利用報導搜尋的功能，用一些簡單的方法去做人身調查。」

貝原彷彿看到了地獄。這就是說，他一輩子都沒辦法進公司上班了。而且，要是現在正在上班的那一間小鋼珠店，知道貝原曾經有過強盜傷害的前科的話……

「這種東西，其他的報社也有嗎……？」

「現在這個時代，我想每一家都會有。」

佐藤的聲音聽起來很遙遠。

沒有一個地方可以讓他們躲起來。不管是逃到北方去、還是躲到南方的小島上，只要有一台電腦，每一個人無時無刻都可以在高興的時候查到貝原的過去。而且還不用到特定的報社網站去，無論哪一間報社的網站都有搜尋引擎可以用，只要放上釣餌，貝原以前的所做所爲就會掛在釣勾上——

佐藤的聲音聽起來帶著憂慮。

「變得很方便，但是方便過頭了。在以前，想要查新聞報導是一件很不容易的事，要特地跑到圖書館去，一篇篇地翻閱縮小印刷版或是微縮軟片才行。就算你很確定某年某月的時候曾經有過一篇報導，但是去了還不見得能夠找得到。這些事情，現在只要在家裡，用一根手指就可以輕鬆辦到了。只要輸入強盜，過去發生過的所有強盜案就會全部跑出來；要用人名去搜尋案子也很簡單。這就是現在的電腦社會。」

他發不出聲音，喉嚨裡只有混雜了哀嚎的詞彙。

我要被電腦社會給抹殺了——

6

兩天之後，貝原在縣境上的一間家庭餐廳裡等著恩師秋田。他跟秋田談了網路的事情，秋田跟他說「我有朋友在三縣報社工作，我去問問他」。

女侍者來幫他倒續杯的咖啡時，貝原看到秋田微黑的臉出現在她身後。他還不到五十歲，是個體育老師，不管什麼時候遇到他，印象中強壯的上半身和潔白的牙齒從未改變。

「噢，抱歉讓你久等了。」

「我也不好意思，要你大老遠過來。」

因爲怕會偶然碰見什麼人，所以沒有約在G鎮上見面。秋田也了解他的難處，所以約好在距離雙方住所的中間地區見面。

「映子呢？她還好嗎？」

「嗯……還好啦，就那樣嘛。」

「要好好對她喔，像她那樣的女孩已經找不到了。」

「我知道。」

秋田滿意地點了點頭，舉起手叫了一杯咖啡之後，又回過頭來看著貝原的臉。

「關於報社的那件事，一個體育新聞的記者介紹我去跟那個做網頁的人見面。」

「非常感謝您。那，他說了些什麼呢？」

貝原把身子往前挪，秋田的二隻手都放在椅子的扶手上。

「事情似乎也不是全然無法掌控。」

「什麼意思呢？」

「報社那方面，對於可以公開在網路上的報導的取捨，似乎也作過諸多考量，像是一些太小的案子就不會放在網路上，或者是使用者如果用的是免費的搜尋引擎，那些跳出來的報導裡面的犯人名字就會被塗掉之類的，也有的報社在過個三、五年之後就會把報導都改過，把一些像是犯人的名字或法庭上被告的名字這類的都塗掉，或是只用姓名拼音的開頭字母來代表而已。」

貝原彷彿見到了光明。

「不過呢。」

秋田繼續說。

「現在感覺上還在過渡期。三縣報社處理這種事情一向是慢條斯理的，好像是因為還沒有人因此向他們索賠過的樣子。」

「那是因爲——」

因爲很難說得出口。沒有辦法開口跟一間堂堂的報社要求賠償。雖然說之前的罪都已經在獄中還清了，但是因爲過去的案子所引發的自卑感卻不會消失。貝原會央求秋田，也是因爲這個緣故。犯下強盜案的人憑什麼用一副了不起的口氣去要求別人。他害怕會遭到這種回答，所以才沒有辦法下定決心到報社去。

「老師，我的名字要到什麼時候才會被消除呢？」

「也許還要一段時間。我曾經明白了當地跟他們談過你的事，但是做網頁的人說，強盜傷害罪是個大案子。」

「所以不行嗎？」

貝原的聲音很失望。

你先等一下。秋田說著，把掌心攤開。

「我認爲是現在還沒有建立一個基準。舉例來說，萬一總理犯了什麼案子，那他的名字一定不能夠從報導裡刪掉對吧？其他像是知事、市長、教育部長之類的也是一樣。但是，他們下面的職員，或是像我這種普通的教師，要是幹了什麼事情的話呢？可能有人會說，因是公務員所以不可以將他們的名字刪掉；也可能會有人說，他們被免職之後也只是一般的人而已，要是名字一直掛在上面也未免太可憐了，這是侵害人權。所以說，到底哪些要刪除、哪些又要被留下來，要建立這種基準是很難的。」

「嗯……」

「這跟案子的大小有關，這句話想來也是理所當然的。要是殺了五個人還是十個人，全日本的人一定都知道這個兇手的名字，那就算是把網路上報導裡的名字給塗掉也是無濟於事。而且有時開庭要花上十年或是十五年，所以不管過了多久名字都不能夠塗掉。這樣一來，如果他再犯下同一種罪，就不會出現有的報導裡有他的名字、有的報導裡卻已經把他名字塗銷的不公平事情發生了。」

「……」

「喂，別擺出那麼難看的表情嘛。現在只能抱著覺悟的心情過下去了。我都知道你的事，也都知道案子的發生經過。雖然都一樣是強盜，但是有那種事前就準備了刀子、做好詳細計畫的人，也有像你們一樣偶然碰在一起就去做的。不過啊，報社是不可能會去管這些小細節的。他已經當面跟我說了，強盜案裡面的名字是不可能塗改的，也不可能有例外出現。」

貝原抬起頭說道。

「我們倆個還要再忍耐多久才行呢？」

他最想問的就是這個。

「我想，恐怕還要再等上好幾年吧。不過——」

秋田皺起眉頭。

「好像也有惡劣的人把腦筋動到這裡來。」

「惡劣的人……？」

「嗯，這也是我在三縣報社那裡聽來的，如同你在電話裡所說的一樣，最近啊，公司的人事主管或是有房子要出租的房東，都會利用新聞報導的搜尋引擎來調查背景，然而，私底下好像也有些人是把這些資訊拿來賣的樣子。據說他們把報紙上有刊登過的犯人的名字都挑出來，做成一個資料庫，把那個放進電腦裡讀取之後，所有有前科的人都一定會被查到。」

貝原垂下了頭。

果然到死之前都沒辦法逃離這個電腦社會——

「所以我說你最好要有覺悟。貝原，明白了嗎？不可以認輸喔，爲了映子，你只能夠厚著臉皮強韌地活下去了。」

說得很簡單……

他連回答的力氣都沒了。

貝原把寫著員工宿舍電話的便條紙拿給秋田。

「喂，你要去住宿舍嗎？爲什麼？」

「因爲它好像是免費的，不用花什麼錢。」

貝原勉強地笑了一笑。

已經不想再看到老師僵硬的表情了。他把之前老師在保證人上蓋章時的模樣說給映子聽了，就在前天，他從佐藤家回去之後，馬上就跟她說。他有一種既絕望又自虐的感覺。沒關係的啦，那些出納小姐其實也都是好人。映子說這話時那種開朗得怪異的聲音，過了兩天之後還是在耳朵的深處迴盪著。

7

星期五——

二人的工作都是下午才開始。

早上的時候，貝原和映子默默打包搬家的行李。這一間房子有二個房間，分別是六張榻榻米大和四張榻榻米大；但員工宿舍那裡只有一個八張榻榻米大的房間。雖然他們沒有什麼了不起的家具用品，但是應該要丟的東西還是得丟掉。

玄關的門鈴響了。

本來想說大概是房東坂本來看看他們打包的狀況，貝原斜眼看了門口一眼，看到去應門的映子前面站著的白眉和落腮鬍。

「很抱歉在你們這麼忙的時候來打擾。」

佐藤抱著一個像是煎餅的小禮物來。

映子開心地請他進來，凝滯在房間裡的空氣突然一下子變得快活了起來。仔細想想，這是第一個進入到這間房子裡來的訪客。

粗略地把房間收一收，拿出座墊和茶水。

佐藤四下看了看已經打包好的紙箱。

「這些東西，可以搬到我家那裡去嗎？」

「啊？」

貝原和映子不約而同地發出疑問。

佐藤看了看二人的臉之後繼續說道。

「前幾天，知道了你們的事情之後，我也想了很多。怎麼樣，這陣子要不要先把貝原這個姓氏拋棄掉，改姓佐藤呢？」

貝原和映子面面相覷。倆人臉上都沒有表情。

貝原回過神來。

「請問，這到底……？」

佐藤直直地望進貝原的瞳孔中。

「是想把你們夫妻收做我的養子。」

這句話，聽起來彷彿是從天上降下的聲音。

「我稍微查了一下，認養養子的手續並不難，只要準備好戶籍謄本和兩名證人就可以了。再來就是要到鎮公所去遞交申請書，從遞交的那天開始，我和你就是法律上受承認的父子了。也就是說，你們就變成佐藤夫妻了。」

他回想起，在第一次聽到佐藤的姓氏時，一股像是憧憬似的情感湧上心頭。要是自己也有這種常見的姓氏就好了。

但是……

對於佐藤突然提出的建議，貝原一下子不知道該說什麼才好。完全沒有眞實感，好像在做夢一樣，感覺輕飄飄的。

佐藤用老實的表情繼續說著。

「請你們不要誤會，我並不是因爲同情你們，所以才對你們說這些話。這對我來說也是美事一樁。以前，我跟你說我的妻子過世了，其實不是這樣的……這件事實在是難以啓齒，當時我妻子四十三歲，她跟打工的地方的一個食品批發商的男人發展出曖昧關係，二個人就私奔了。」

貝原緊張地屏住氣息。

佐藤啜飲了一口茶。

「當時那個男人才三十出頭而已，我眞的是輸了。有好幾年也沒有去工作。長時間以來都一個人住，也不免開始擔心將來的事。我死了之後，這個房子會變得怎麼樣呢……會有人來幫我掃墓嗎……因爲我們夫妻之前也沒有生過孩子，再這樣下去，這個家就後繼無人，佐藤這個姓氏也會滅絕了。雖然你可能認爲姓這個的人滿街都是，但是對我來說，這個佐藤是獨一無二的。」

說到這裡，佐藤微笑著說。

「如果是你們的話，我就可以安心地把佐藤這個姓交給你們了。因爲這半年來，我一直都看著你撿垃圾。」

沉默包圍了整個房間。

貝原的頭腦終於開始活動了。

把姓氏換掉。

對了，以前在睡不著的時候也有跟映子說過，要不是映子的父母反對他們二人結婚的話，貝原現在早就已經加入映子家的戶籍了。

夫妻都做養子……

姓佐藤……

這種事做夢也想不到。他找不到拒絕的理由。就在這裡低下頭，接著立刻去準備文件、簽個名就好了。但是——

他在心裡聽到了一個小小的聲音阻止了他。這樣利用毫無關係的人眞的好嗎？把姓氏改變了，就可以從過去的罪孽中逃脫了嗎？

這不是一個可以輕鬆下決定的事，請讓我考慮考慮。就在他正想這麼說的時候。

「請問一下，佐藤先生，你有兄弟姊妹嗎？」

貝原吃了一驚，轉頭看著映子的側臉。

佐藤很高興地回答。

「我有一個妹妹。這對夫妻實在是貪得無厭，他們正在等我死，雖然那棟房子有點破舊，不過因爲土地有上百坪，賣掉的話絕對不會低於一千萬日圓。說實在的，這件事也是我希望能收養你們的原因之一。要是全都留給他們夫妻的話我一定會死不瞑目。雖然金額不是很大，不過我的存款也會一起全都轉讓給你。」

「你太太的戶籍怎麼辦呢？」

映子又問了。她的雙頰緋紅。

佐藤的臉看起來更加閃耀。

「不用擔心，她跑掉之後過了七年就已經宣告失蹤了，在法律上等於是死了一樣。也許妳已經注意到，我來日不多了。我希望不要再發生糾紛，例如我妹妹夫妻那樣，所以才對你們提出這個要求。」

佐藤的視線移到貝原身上。

「那間房子，雖然就像你前幾天看到的，是間破舊的房子，但是那房子裡有我許許多多的回憶。可以的話，希望你們能夠在那個家裡長久住下來。你們應該也有計畫要生小孩吧？可以在那個家裡住到它老朽不堪爲止嗎？之後，只要每天都能在佛壇前面爲我點一柱線香就好了——我的期望就只有這樣而已。」

8

倆人回來了之後，強烈的書本味道直撲鼻子而來。

貝原調整了心情，不要用質問的語氣。他開口問映子道。

「妳爲什麼要問那些事？」

「因爲你不問啊……」

映子沒有看貝原的臉，回答著。

「妳那樣有點不太禮貌。」

「……是嗎？」

「嗯。問得太多了些。」

映子低著頭，頭髮遮蓋住大部份的臉頰。

「可是，那是佐藤先生起的頭唷！」

「是這樣沒錯。但是，那畢竟是別人家的事啊！」

「只要我們答覆他，那就不是別人家的事了……對吧？」

貝原沉默了。

映子偷看貝原的表情。

「……要拒絕他嗎？」

「我沒辦法馬上做出決定。搞不好人家會以爲我們是看上他的遺產。」
「我覺得應該不會。這又不是我們先提出來的。」
「佐藤先生，果然是得了癌症啊……」
映子又低下頭。
「這是佐藤先生期望的事情。我一定會好好照顧他的，一定盡我最大的努力……」
「都知道他快要死了，妳還這麼平心靜氣。」
「……平心靜氣？」
「這樣啊……」
映子把頭髮撩上去，用銳利的眼神看著貝原。
「親愛的——這是個好機會耶。我們可以改姓佐藤，不用再因爲貝原這個姓氏而心驚膽顫了，不是嗎？」
貝原的內心也大表認同。自己最後一定會接受佐藤所提出的建議，他心中如此確信著。
但是……
貝原沒有答腔，凝視著映子。
「你不懂嗎？親愛的，我們可以變成不一樣的人唷！就算是在網路上，也沒有人可以查到你的過去，可以放心地過日子，也不用再爲沒有地方住而煩惱，還可以生孩子！不錯吧？生個孩子。不是姓貝原的孩子，而是以佐藤這個姓氏在學校上學。」

映子的眼睛裡泛著淚光。

「你爲什麼不說話？你不是也受了很多苦嗎？我已經不想再看到你受折磨了，那是很難受的、很悲哀的。你了解嗎？」

貝原閉上了眼睛，映子的臉從他的視線範圍內消失。他不這樣做不行。

這不是正好可以把你從痛苦的深淵裡拉出來嗎——

「這些話待會兒再說。」

貝原站了起來。已經快要到上班時間了。

外面下著雨。

到小鋼珠店上班之後，映子就沒有再正眼看過站在大廳的貝原。

貝原也是一樣。失望感像瓦斯一樣膨脹起來。他看見了她透明的本意。映子現在一定後悔嫁給貝原，她已經開始厭煩了，所以才會那麼輕易就被佐藤的話牽著走。

最有吸引力的一定就是那一棟房子。要是不需要付租金，家裡的經濟狀況就可以一下子變得很寬裕。而且還可以期待佐藤的存款，這樣一來就沒有必要夫妻二人都出來工作，她可以像當初從短期大學畢業時一樣在家裡幫忙做家事，也許還可以到風格灑落的女裝店或義大利餐廳去。七年前的那一天，她對著正爲債款所苦的貝原所說的「普通的生活」，其實指的就是這樣子的生活吧！

到了晚上六點，櫃檯變得很擁擠。

他眼睛一瞥，看到了出納的映子，白色的襯衫上穿著大紅色的背心，領子前面繫了一個像兔女郎一樣的蝴蝶結領帶。塗了紅色唇膏的嘴唇動著，臉上以諂媚的笑容回應著客人所說的俏皮話。

他發覺到自己產生厭惡感，趕緊把視線移開。當他再度斜眼瞄過去時，客人突然都不見了，映子的臉朝向旁邊，好像看著什麼東西在發呆著，是陳列獎品的櫃子。在櫃子最上方的地方——只不過是幾秒的光景。

有客人抱著珠子往櫃檯走去，映子回過神來，繼續跟客人應對。

貝原走向廁所。當他推開廁所的門時，胸口一陣緊縮，讓他感到疼痛。

她在看嬰兒服。

映子的眼神，被穿著嬰兒服的小熊給吸引過去。

〈不錯吧？生個孩子。不是姓貝原的孩子，而是以佐藤這個姓氏在學校上學。〉

貝原把雙手靠在洗臉台上。

鏡子裡，映照出世上最差勁的男人的臉。「普通的生活」……連這麼簡單的話中的意思都不明白。

他再也忍不住，抽抽噎噎地哭了起來。

有客人進來了，他趕緊雙手捧水洗臉。

最後，他看到大廳領班過來，把他罵了一下之後，命令他回到工作現場。

離開洗臉台的貝原，忽然停下腳步，轉身面向鏡子。

佐藤英治——

鏡中喃喃唸著新名字的男人的臉，顯得非常生硬。

9

六天後，鎮公所受理了貝原夫妻的共同收養申請，之後就是一連串的慌亂。

佐藤死了。

他一開始就這麼盤算的吧，佐藤在貝原夫妻搬過去的第二天，就自己到市民綜合醫院去住院了，雖然經過精密的檢查，但是卻沒辦法動手術了，癌症已經轉移到其他好幾個器官，事到如今已無計可施。佐藤希望在自己家中往生，但是卻在所有的事情都辦好了之後，在即將出院的早晨，佐藤的心跳突然停止，就這麼過世了。醫師雖然沒有說什麼，但是以一個六十八歲的身體，這些連日來的檢查實在超過他的負荷，照顧佐藤的映子這麼說，貝原也可以想像得出來。

葬禮上一片混亂。

佐藤六十二歲的妹妹，在誦經席上極力地緊咬住貝原和映子不放。欺騙了老人家強奪他的財產、現在還不算晚，快去把戶籍註銷。她的醜態讓前來弔唁的訪客頻頻蹙眉，佐藤的知己好友都順利接受貝原和映子這對養子夫妻，這也是不幸中的大幸。

在葬禮舉行兩天之後，太郎也追隨著佐藤而過世了。從佐藤住院開始，牠就沒有吃什麼東西。他們也在動物墓園裡爲牠厚葬。

接下來的事情都很平順，稅理士來看過之後，確認貝原和映子繼承了這棟房子和約有八百萬日圓的存款。

在二個月之後，生活開始復歸平靜。

貝原開始認眞努力地找工作。他今年才三十四歲，只要眼光不要太高都找得到工作。他到一間販賣醫療用床墊的公司去面試，在「試用」過後就正試錄用，變成銷售員的一員。胸口微微地痛了起來。在有前科的人裡面，不知道新聞報導是可以搜尋的，因此被幾十間公司拒於門外而哭泣的一定大有人在。

映子也辭掉了小鋼珠店的工作，幹勁十足地開始她的大工程，就是努力打掃一樓和二樓加起來總共六間的房間，一天天逐步讓房子恢復原本明亮的風貌。

佛壇的線香從未間斷。目前看來，這可說是佐藤唯一的遺言了。雖然地點不同，但是在假日早晨出去撿垃圾這件事也從沒缺席，回想起來，就是在這一條散步步道上和佐藤相遇，最後才得到像夢境般的幸運。人在做，天在看，貝原不禁這麼想著。

重新開始的人生打斷了順利的起始。貝原雖然沒有起過疑心，但是若是說心中完全沒有任何不安的陰影，那是不可能的。

別人的家——

搬來到現在已經過了三個月了，但是那種感覺卻沒有消失。他能想到的理由，就是佐藤還來不及告訴他「家的歷史」就倉促過世了。不管是哪一個屋子，裡面都會有一些從外面無法窺知的秘密或是回憶之類的，但是他們卻連一個都還來不及知道，就要永遠住在這裡，或許是因爲這樣，所以貝原和這個房子之間才會產生一些不適應或是隔閡。

不過——自從搬到這裡來之後，貝原第一次在現實中感到不安，不是因爲這間房子，而是外面的視線。

有人在看著這裡。因爲有如惡寒一般的感覺，所以面向道路的窗戶只打開過一次還是二次而已。沒有多餘的心力去理會換名字和投身新環境的事，他只知道現在過得提心吊膽，但是這並不是心理作用，因爲在某天早晨，他在通勤的路上證實了這件事。

走出家門後，他才走沒幾步路，就感覺到那個視線又出現了，他一直注意著背後，然後慢慢地轉身。在前面不遠的十字路口轉角處，看到了探出半個身子的男性上半身。

對方一直看著這裡，眼光十分銳利。他大概四十歲，不，應該已經過五十歲了吧，身高雖然不怎麼高，但因爲他隆起的肩膀，看得出來身材很健壯。貝原把鞋子的尖端朝向十字路口，男子的身影就馬上消失了，不過他也沒有追上去的勇氣。

那到底是什麼人？

有可能是從故鄉Y縣過來的刑警。他第一個想到的就是這個，警察應該早就知道他已經從貝原改姓為「佐藤」了吧。可能在Y縣裡發生了偷取保險箱的強盜案件，懷疑是有前科和地緣關係的貝原幹的，所以才來查探他的情況。不，也很有可能是這裡當地K縣警的刑警，八成是佐藤的妹妹去跟警察告密，說貝原是有計畫地騙佐藤收他為養子；或者是，在收養成立之後，把佐藤給逼死。只要她想，要怎麼說都可以。假設這是跟佐藤的妹妹有關的話，那個男的，就有可能是妹妹的丈夫或者是偵探了。

貝原愈發感到不安。除了不知道那個男的到底是誰之外，更害怕因為那個男的在這裡走來走去，而使得周遭的人都知道他的過往。萬一眞的變成這樣，又得要辭掉工作，離開這個地方不可了，而且還要把才剛繼承來的房子給賣掉，他一想到這是對佐藤食言，心情上就相當沉重。他猶豫著不知該不該告訴映子這名男子的事。就算只有一陣子也好，他想要看見映子喜悅的笑容。

貝原的想法，卻被電話的鈴聲打碎。

不出聲的電話讓映子的臉上蒙上陰影。有好幾天裡，家裡的電話都會響上五次到六次。這只是單純的惡作劇。貝原對害怕的映子這麼說著，他也加強了警戒。但是外面來的視線卻依然持續著。

有一天一定會出事。這種無法捉摸的恐懼扎根在貝原的心中。

10

今天是決定錄用為業務部正式職員的日子。

下班之後，他到車站前跟映子碰面，到一間聽說蒜香義大利麵很好吃的店裡去。映子穿上貝原送她的一件全新的米色罩衫，像個小女孩似的笑得合不攏嘴。他們用高腳杯裝著葡萄酒乾杯，除了義大利麵之外，還點了主廚推薦的鮮魚料理。他們二人，跟周圍其他的情侶和家庭並沒有分別，以客人的身份融入周遭的氣氛中。貝原深深感受到，所謂的幸福應該就是這樣子的吧！

在微醺的心情下回到家中，就在他要用鑰匙打開門的時候。

貝原的身體變得僵硬。

臉頰染上粉紅色的映子湊過來。

「親愛的，怎麼啦？」

「屋子裡有聲音。」

「不會吧……」

害怕的情緒流轉在映子的瞳孔中。

貝原拿開映子勾著他的手，壓低聲音說道。

「妳在這裡等著。」

「你要做什麼？」

「我從廚房那裡進去看看。」

「不要啦……」

「不會有事的。」

他知道自己的臉色現在一定很蒼白。

「報警吧？」

「不……」

除非真的發生很嚴重的事，不然他實在不想叫警察過來。搞不好在裡面的就是刑警。他心中的某處這麼懷疑著。

「要是屋裡出現騷動的聲音，妳就快點跑到隔壁去。」

「我好害怕。」

「沒什麼好怕的，我只是進去看一下而已。」

「可是……」

「可是什麼？還有別的地方可以去嗎？這裡可是我們的家。」

總覺得這番話打了自己一巴掌。

貝原按著映子纖細的肩膀，勉強地笑了笑。

「別擔心，妳也很清楚我的個性吧？要是裡面有人的話，我會馬上拔腿就逃的。」

貝原經由防火巷走到主屋的後面，途中從倉庫裡拿出一根方形的木棒以備不時之需。腳在發抖，他想著現在是否該就此回到映子身邊去。

振奮一下心情。

這裡可是我們的家——

貝原屏住氣息，推開了廚房的門。

寂靜壓迫著耳膜。

脫掉鞋子，貝原走進屋子裡，腳步慢慢地滑向客廳。

叩咚。

貝原全身都凍結了。

那是關上抽屜的聲音。他聽起來是這樣沒錯。從佛堂傳來的。

貝原的腳再次前進。膝蓋發軟。可能是握得太用力了，緊握著木棒的手也幾乎沒有了感覺。

走過客廳。

把佛堂的紙門打開一道細縫。

有光。

筆型手電筒的微小光芒在櫃子前搖曳。有黑色的人影，是個男的，男子背對著紙門蹲著，伸手去拉抽屜。

「什麼人！」

不禁大叫了出來，已經到達極限的恐懼感促使他這麼做。無法抽身了。貝原衝進房間把電燈的開關打開，舉起了木棒。

男子轉過身來，口中還叼著筆型手電筒，他就這麼咬著手電筒說。

「嗨，初次見面啊，佐藤先生。」

是廣神。

他出來了。

貝原把這件事忘得一乾二淨。

「什麼時候……？」

「大概是二個月前的事吧。喂，貝原，你那雙看起來像鬼一樣的眼神還是一樣沒變哪。」

說著，廣神露出發黃的牙齒。

「可是，爲什麼會在這裡……？」

「秋田說的。」

「老師？」

懷疑自己聽錯了。他的確有跟老師說他已經改姓「佐藤」，但，他也叫老師不可跟別人說。

「要套話還不簡單？只要哭著拜託他就好啦。我一定要跟貝原見面，請求他原諒我，不跟貝原謝罪的話這個罪一輩子都還不清——我這樣說後，那傢伙就含著淚把所有事情都告訴我了。」

貝原咬著嘴唇。

「話說回來，貝原啊——」

廣神環視了房間。

「你幹得不錯嘛！」

「不、不是你想的那樣。」

「我聽說了啦，你去巴結一個快要死掉的老人對吧？」

「不對。」

「哎，隨便啦，這種事情。」

廣神看著貝原。

「我們說好要對分的喔！」

貝原止住了呼吸。保險箱裡偷出來的東西都要對分，在之前的確是這麼約定過的，但是——

「……你在說什麼？」

「代替保險箱啊！這種破爛房子，趕快把它賣一賣吧！」

「這種事我辦不到。」

「你這傢伙，還不是多虧了我你才能提早三年出獄！」

「跟那沒關係吧？因爲本來就是你這小子硬要來找我去的……」

「你這小子……？」

一不注意，廣神的拳頭就往鼻梁飛了過來。

貝原被打得翻了一個跟斗，倒在榻榻米上，肚子被狠狠踢了一腳。

「你這混帳是我的部下！竟敢瞧不起我！」

貝原按著腹部蹲著，現在感覺上好像胃裡的東西都要傾巢而出似的，鼻血也不斷地滴下來。

廣神低頭看著他說。

「你會賣吧？」

貝原抬起頭，看著廣神。這個男的，一輩子都會來糾纏不休，就算逃走了也一樣會追上來。就算騙得過電腦社會，也逃不出這個男人的手掌心。

「怎麼樣？快點說好啊！」

「……」

「我會把過去的事都向社會大衆抖出來唷！」

貝原睜開了眼睛。

「我也會跟你的鄰居說，這樣你就非得把房子賣掉不可了！」

「怎、怎麼可以……」

「明天就要給我賣掉！可以吧？」

貝原緊咬著牙關。

不要。我想一直住在這裡。到我死爲止都要和映子一起——

「……我不會賣。絕對不賣。」

「混帳！」

「住手！」

映子的聲音劃破房間裡的空氣。

轉頭過去看的廣神，表情從驚訝轉變爲卑鄙的笑容。

「喔，映子，妳看來氣色不錯嘛！」

「回去！拜託你回去！」

「怎麼這麼無情啊？」

廣神的視線徘徊在映子的胸部和腰際。

「妳的身材還是跟以前一樣嘛，嗯？要不要像以前一樣跟我打一炮啊？只給這種蠢蛋用實在是太可惜了。」

「廣神！」

貝原露齒大叫著站了起來，但是下一個瞬間，他的肚子又被廣神踢了一腳。身體好沉重。貝原在地上打滾，這次胃裡的東西都逆流了出來，全部吐在榻榻米上，葡萄酒和魚的味道衝進鼻子裡。全新的記憶在腦海中跑著。義大利麵餐廳裡面、映子的笑容、幸福的時間——

這些記憶讓貝原發狂。

手中握著方形木棒，發出嗚嗚呻吟聲的同時猛然撲向廣神，使盡渾身的力氣朝他腦門揮去。

這不是你該來的地方。

這裡是我們的家。

不要再來了。

我會讓你再也來不了——

心中一直喃喃唸著，一邊揮著木棒，不斷不斷地槌打。

不知道過了多久。

貝原抱著膝蓋窩在房間的角落，旁邊傳來映子的體溫。

房間中央躺臥著一具屍體。不只是榻榻米和紙門，連天花板上也被噴了紅褐色的飛沫花紋。

「不是你的錯……」

「……」

「因爲，你一點也不壞。」

語尾變成哭音。

貝原看著電視旁邊的電話，從剛才他就一直看著……

他的視線裡，塞滿了映子哭泣的臉。

「不要告訴任何人，把這個當做我們之間的秘密吧！」

「映子……」

「就這麼辦，好嗎？」

「……」

「我想要變得幸福，想跟你倆個人一起幸福。」

發著呆的頭腦中，映子的話不斷穿梭著。

我們之間的秘密……

對，讓這個家保守秘密，保守著貝原和映子的秘密。這樣一來這就不再是別人的家，而是貝原和映子眞正的家了。

貝原站了起來。跟他的意志不同，感覺上就像被不知道哪裡來的強大力量操控著一般。

他低頭看著面目全非的廣神。

要帶到哪裡去丟呢……？

他們沒有車，駕照在他坐牢時就已經失效了。

埋在院子裡嗎？

會被隔壁的看到。從二樓的窗戶就可以看到這裡的院子。

這樣的話……

貝原開始動作。他走向倉庫，回來時手上多了一支鐵鍬。

他把佛壇旁邊的榻榻米掀起來，移開榻榻米下面的木頭地板，把鐵鍬丟到下面的泥土地去，自己也跳到冰冷的土地上。映子用手電筒幫他照亮。艱難地彎著腰，貝原把鐵鍬的前端刺向地面。

土壤比想像中的還要硬，不太容易挖開。

他把身體轉了一個方向，繼續用鐵鍬挖著土。不行，根本就挖不進去。換了好幾個方向之後，終於發現了一個比較鬆軟的地方，貝原像是中邪似地拼命揮動著鐵鍬。

深深的、還要再深一點——

喀。

鐵鍬的前端似乎碰到了什麼東西。

他用手把土撥開。

看到一個白色的東西。

盤子……？

不對，不是。看清楚那個東西的映子倒抽了一口涼氣。

是頭蓋骨的碎片。

貝原啪答一屁股坐了下來。本來被凍結住的恐懼感一口氣全釋放出來。

是誰的……？

「是那個太太……」

映子呆呆地說道。

她死了……？

這時候，這個家的過去一股腦兒地跑進貝原的腦中。

佐藤的妻子並沒有跟男人跑了。

而是被知道她跟男人發生進一步關係的佐藤給殺了，然後埋在這裡。這樣說來，搞不好在十字路口那裡探出身來偷看的男子，就是他太太的外遇對象。他至今對突然失蹤的愛人仍然戀戀不捨，所以有的時候才會跑過來偷看佐藤家的情況——

貝原忽然又想到一件事。

是佐藤。

把他們夫妻收爲養子，也是佐藤早就計畫好了的。

佐藤的記憶力很好，八年前他在報紙上看到那一起強盜案的時候，「貝原」這個少見的姓氏就殘留在他的記憶中。從他跟這個貝原在晨間散步時偶然相遇開始，佐藤的計畫就慢慢地開始實行。

從談話中得知，房東坂本對電腦和網路一竅不通，所以坂本並不是自己找到消息的，是匿名的佐藤將貝原有前科一事說給他聽，跟他說這是網路上面寫的，所以眞有其事。然後，就可以提出讓陷入困境的貝原夫妻成爲養子的建議。

計畫漂亮地完成了。

但是——

爲什麼佐藤要做到這種地步……

自己死了之後，如果這棟房子給了妹妹，就會被拆毀，到時他殺妻一事就會在大衆面前曝光。他害怕這事發生，所以就開始找尋可以繼承房子的人。

不對……

把已經變成白骨的東西挖出來，再偷偷地另做處理，這件事並不難，而且也沒有限制什麼時候必須完成。

不過，佐藤是做不到的。

當初來到貝原的公寓時，佐藤這麼說過。

〈你們可以在那個家裡住到它老朽不堪爲止嗎？之後，只要每天都能在佛壇前面爲我點一柱線香就好了——我的期望就只有這樣而已。〉

他說要線香，貝原本來以爲他是因爲知道自己大去之期不遠，希望貝原能供養他。但是，事實上卻並非如此。

那是爲了他的妻子。

因爲愛，所以無法原諒她的出軌而殺了她。他一直找尋能夠繼續代爲供養她的人。稍微久一點就好了，希望能到房子老朽不堪爲止。這是我的期望。

這些都是貝原的想像而已。不過，只有一件事，貝原清楚地了解了。

這間房子，是個不折不扣的「佐藤的房子」。

貝原抬起頭。

映子正低頭看著他，拼命地尋找著貝原的眼神。

捨棄了「貝原」，成爲「佐藤」。但是，現在卻開始愛上不存在的「貝原」。他開始想要跟映子倆個人一起，創造一個屬於自己的家。

我們倆人，還能夠有第三個人生嗎？

映子……只要是跟她一起……

貝原不挖洞了，把鐵鍬放在地上。

他把手向上伸去。他祈禱著，希望映子可以握住那隻沾滿了泥土的手。

所有的謎底都解開了，但眞相眞的只有一個嗎？

喬齊安

身為一位前記者、現任媒體人，橫山秀夫一直是我最爲重視的「前輩」作家。只要出書絕不錯過，橫山也確實從來沒有讓讀者失望過，始終維持著沒有失敗作的創作水準。他最擅長描寫的是記者、警察這兩種職業人物，分別在《登山者》（二〇〇三）與《64》（二〇一二）兩本大作中呈現登峰造極的成果。然而，由於他「警察小說第一人」的名聲太過響亮，往往讓推理迷遺忘橫山秀夫初出茅廬時，便在《羅蘋計畫》（一九九一）展現他另一種說故事的傑出能力。多年後，在橫山出版大爆發的二〇〇三年，《眞相》就是他再度發出的雄壯吶喊：「橫山文學的魅力是多采多姿的。」

《眞相》是橫山秀夫的個人第六本短篇合集，一共收錄了〈眞相〉、〈第十八洞〉、〈失眠〉、〈花環之海〉和〈別人的家〉五篇連載於雙葉社《小說推理》月刊的短篇小說。半年後，橫山又推出第七、八本短篇合集，分別是《看守者之眼》和《臨場》，這兩年也是他創作力最爲旺盛的時刻。本作帶給橫山粉絲的觀感很不一樣，警察記者只是背景陪襯，主角全數是市井小民、中年男子，是我們周遭隨處可見的無趣大叔。然而經由橫山的妙筆生花之後，這些故事卻是相當有趣、別出心裁。更以「眞相」這簡單樸實的兩個字，貫串全書的核心主旨。這正是短篇合集的最高境界。

五篇故事，分別刻劃出不同角色試圖掩飾眞相、或得知醜惡眞實的各種複雜心情。〈眞相〉中的美香爲了保護心儀的學長森不惜向父母隱瞞證詞；〈第十八洞〉的樫村爲了當年撞死村中女孩的罪費盡心思掩飾卻遭受報應；〈失眠〉中小井戶看似罪證確鑿，實際上爲闖禍的兒子頂罪；〈花環之海〉裡每個前空手道社成員隱蔽同學溺死的黑幕，一輩子都受到良心的譴責，最終甚至需靠自盡了卻心結……；〈別人的家〉則是佐藤爲了保全自己名聲、以及對妻子的愛，不惜大費周章驚人的計畫。每則故事的結局都還有故事，每個眞相的背後都隱藏著無數人心的掙扎與徘徊，再再令人意想不到。

好的作家常說，短篇小說不會比長篇好寫。對橫山這樣長短篇都能征善戰的名家而言，「平成松本清張」之名充分於《眞相》之中發揮，也就是各個層面都能做出巧妙的結合。五篇作品輕薄短小卻五臟俱全，除了是兼具意外性逆轉的扎實推理小說、人物也栩栩如生，更能書寫出大環境的時代感、不可忽視的種種社會問題。〈別人的家〉探討對於犯罪者姓名是否公開這樣的大事卻沒有個參考基準；〈第十八洞〉的高畠村爲克服經濟困難自願成爲產業廢棄物處理廠、一併加蓋殺害流浪貓狗的管理室，硬是壓下少數的反對派意見；當然還有〈花環之海〉裡不忍卒睹的學生社團霸凌史。這些劇情不僅是一帶而過，而能夠讓讀者從中思考孰是孰非，進一步關懷問題，這正是社會派推理的寫實、入世之長處。一個長篇小說或許只能表達出兩三個社會現象，但《眞相》的每一個故事，都反映了更多的現實。

《眞相》被日方譽爲橫山版的《黑色畫集》（松本清張的短篇推理寶庫），除了作品水準優異，書中隱隱透出的灰暗氣氛、密不透風的絕望與淡淡的救贖微光，是讓習慣了橫山風格的粉絲感到最爲驚豔的。尤其〈第十八洞〉那種心理驚悚小說的超卓技法，讓我眼界大開：原來「是不爲也，非不能也。」橫山秀夫在並不好寫的這些小人物中將一筆入魂的功力發揮淋漓盡致，就像〈失眠〉裡讓主角山室從「我是沒有存在必要的人」這一句話看穿事件眞貌。「不是想要錢，是想要工作。」的被裁員中年男人心聲，實實在在地，深入了每個人的靈魂。

江戶川柯南的名言是「眞相永遠只有一個！」然而橫山秀夫告訴我們現實世界並不是這樣簡單。逮捕兇手並不是案件的尾聲，往往才是另一個戲劇性發展的開始——本作是社會派推理的經典代表，兼具解謎的娛樂性與反射大千世界的寫實性。推理迷與大眾讀者都能從中獲益良多、感同身受。

迷迷014

真相

作　　者　橫山秀夫
譯　　者　梅應琪
編　　輯　黃雅瑄、林家合
封面設計　Poulenc
發 行 人　王永福
出 版 者　新雨出版社
地　　址　新北市三重區重安街一〇二號八樓
電　　話　(02) 2978-9528
傳真電話　(02) 2978-9518
電子信箱　a68689@ms22.hinet.net
郵政劃撥　11954996 戶名：新雨出版社
出版登記　局版台業字第 4063 號
出版日期　二〇一四年六月二版
I S B N　978-986-227-153-7

國家圖書館出版品預行編目(CIP)資料
真相 / 橫山秀夫作 ; 梅應琪譯. -- 二版. --
新北市 : 新雨, 2014.06
面 ;　公分. -- (迷迷 ; 14)
ISBN 978-986-227-153-7(平裝)
861.57　　103010225

新雨Facebook
www.facebook.com/newrain.publishing